La montagne des Dieux

La montagne des Dieux

K. A. Applegate

Traduit de l'anglais par
Vanessa Rubio
Révisé par Ginette Bonneau

Les éditions
Héritage inc.

Données de catalogage avant publication (Canada)

Applegate, Katherine

La montagne des Dieux

(Utopia ; 7)
Traduction de: Gateway to the gods.
Pour les jeunes de 12 ans et plus.

ISBN 2-7625-1975-6

I. Dariot, Valérie. II. Titre. III. Collection: Applegate, Katherine. Utopia ; 7.

PZ23.A6485Mo 2004   j813'.54   C2004-941227-2

Gateway to the Gods
Copyright © 2000 K. A. Applegate
Édition originale publiée par Scholastic Inc., New York, 2000

Version française
© 2001 Éditions Gallimard Jeunesse
Pour le Canada
© Les éditions Héritage inc. 2004
Tous droits réservés

Infographie de la couverture et mise en pages: Jean-Marc Gélineau

Dépôts légaux: 3e trimestre 2004
Bibliothèque nationale du Québec
Bibliothèque nationale du Canada

ISBN : 2-7625-1975-6   Imprimé au Canada

LES ÉDITIONS HÉRITAGE INC.
300, rue Arran, Saint-Lambert (Québec) J4R 1K5
Téléphone: (514) 875-0327
Télécopieur: (450) 672-5448
Courriel: info@editionsheritage.com

Pour Michael
et Jake

CHAPITRE I

Olympe.

Je dirais juste que, après la saleté, les puces, la boue, la faim dévorante, la soif, et de mauvaises nuits de sommeil, ce n'était pas mal.

C'était même mieux que pas mal. C'était le cinq étoiles d'Utopia. Utopia Palace. C'était le Club Utopia.

Et une fois que vous aviez bien fait comprendre, à plusieurs reprises, que non, vraiment, pour le moment, vous n'aviez pas envie d'un verre de vin, d'hydromel ou de bière; et que non, franchement, vous ne souhaitiez pas la compagnie d'un charmant jeune dieu, ni d'un vieux dieu facétieux, encore moins d'un dieu déguisé en taureau, aigle, bélier, cheval ou bouc, mais que, en fait, sincèrement, vous aimeriez juste dormir, c'était un endroit des plus agréables.

Il y avait des lits… comment pourrais-je les décrire? Si je vous disais qu'ils étaient comme des nuages douillets et moelleux enveloppés d'un tissu magique aussi doux et frais que la soie mais avec le confort du coton égyptien, je serais encore loin du compte : c'était un bonheur indicible !

J'avais dormi sur le sol pendant longtemps. Alors, passer de la terre nue avec l'immanquable racine d'arbre qui vous rentre dans le dos à ça... Bien sûr, c'était juste la version grecque et païenne du paradis, mais ça me convenait. Honnêtement, ça me convenait parfaitement. Saint-Pierre aurait intérêt à se remuer pour m'impressionner après ça.

Le petit-déjeuner était servi par une charmante personne, bien évidemment très légèrement vêtue, un jeune homme dans mon cas. Il m'a présenté un plateau d'argent de la taille d'une table de bibliothèque, chargé d'oranges sanguines, de pommes vertes, roses et rouges, de cerises rouge pâle, de tranches de melon et de six sortes de raisin.

Il y avait aussi des pains : pain plat, pain tressé, pain complet, pain blanc en forme de champignon avec de petites graines dessus. Et, bien sûr, des gâteaux : des sortes de croissants, des petits chaussons fourrés de fromage frais, des gâteaux au miel, graines de pavot et raisins secs et d'autres encore qui ressemblaient à des... seins.

Les œufs ? Évidemment qu'il y avait des œufs : de poule, de canard, d'oie, de rouge-gorge, d'aigle, et de minuscules œufs de colibri.

On voyait aussi qu'on était dans un pays méditerranéen : il devait y avoir six sortes d'olives, des plus douces aux plus salées ; des huîtres et des palourdes, des moules toutes chaudes et des crevettes si grosses qu'on aurait pu les seller et les monter comme des chevaux, ainsi que des brochettes de poisson grillé sur des piques d'argent.

En plus de tous ces plats, une rangée de petits bols en terre proposait six variétés de miel, deux sortes de beurre, diverses crèmes et un éventail de fromages – au lait de chèvre, au lait de vache, au lait de brebis, mais aussi au lait de licorne.

Du fromage au lait de licorne. C'est un mets extrêmement rare, même dans les restaurants les plus chic de Chicago.

Le tout était décoré de fleurs, d'herbes aromatiques, de guirlandes dorées et de petites idoles païennes.

Et bien sûr, chaque plat, chaque gâteau, chaque petit pain, tout était parfait jusqu'à la moindre cuillerée de crème, jusqu'au moindre grain de raisin. Ce n'était pas « une » fraise, mais « la » fraise parfaite. Les oranges étaient bonnes à pleurer.

J'avais assez mangé pour tenir trois semaines. Et ce n'était que le petit-déjeuner.

Nous étions arrivés sur l'Olympe la veille au soir. J'avais pris un bon bain chaud dans une baignoire de marbre assez grande pour nager quelques longueurs. Puis j'avais troqué mes guenilles raides de crasse et pleines de vermine contre une élégante robe fendue des deux côtés mais qui, sinon, était tout à fait convenable selon les standards de l'Olympe. Le souper avait été une telle merveille d'audace et de finesse que les plus grands chefs de la Terre auraient rendu leur toque devant cet inaccessible idéal de perfection. J'avais passé une excellente nuit d'excellent sommeil. Et je venais de manger un petit-déjeuner qui aurait pu fournir assez d'énergie à tous les coureurs du marathon de Chicago.

Mon souhait le plus cher était toujours de quitter définitivement Utopia. De rentrer chez moi. Mais peut-être pas à la minute même.

On a frappé à ma porte.

— Oui ? ai-je répondu, pleine de bien-veillance pour toutes les créatures de la planète, petites et grandes.

La porte s'est ouverte sur un Christopher en toge.

— Je voulais juste te poser une question. C'est trop cool ici, non ?

— Tu as pris ton petit-déjeuner ? me suis-je empressée de lui demander.

— Ce n'était pas un petit-déjeuner, c'était un buffet entier. On ne peut quand même pas appeler ça un petit-déjeuner, ce serait une insulte ! C'était le petit-déjeuner, en lettres géantes et flamboyantes comme les enseignes au néon de Hollywood. Bon sang, ils savent ce qu'est un palace, ces gens-là.

J'ai souri. Il a souri. Jalil a passé la tête par l'entrebâillement de la porte et il souriait aussi. Il y a peu de plaisirs plus intenses dans la vie que celui d'un être humain sale, assoiffé, affamé, épuisé à qui l'on donne un bain chaud, un verre bien frais, un bon repas et dix heures de sommeil ininterrompu. (Bien que, en fait, j'aie passé ma nuit à aller à mes cours, à réviser pour un examen et à lire des romans à l'eau de rose à de vieilles dames de la maison de retraite.)

— Je n'ai qu'une chose à dire, là, sincèrement : je reste. Je reste ici pour toujours. Même s'ils me chassaient à coups de bâton de baseball, je ne partirais pas.

— Où est David ? ai-je demandé.

Christopher a haussé les épaules.

— Je ne sais pas, je ne l'ai pas vu depuis le souper d'hier. Mais vous voulez parier que, lui, il va trouver un côté négatif à tout ça ?

Ça m'a fait rire.

— C'est clair. Hé, au fait, vous voulez quelque chose à grignoter ? J'ai...

J'ai jeté un œil à mon plateau de petit-déjeuner qui avait l'air intact.

— ... je pense qu'il me reste quelques milliers de calories sous diverses formes.

— Tu as des petits gâteaux aux graines de pavot et au miel ? m'a demandé Jalil.

— Oh, c'est délicieux, hein ? Tu as goûté avec un peu de cette crème blanc cassé ?

Nous nous sommes tous les trois assis sur

mon lit pour manger à nouveau alors que, dix minutes plus tôt, j'avais juré que je ne pourrais plus rien avaler de ma vie.

David nous a finalement rejoints une demi-heure plus tard. Dans sa toge, avec son épée au côté, il faisait une de ces têtes! Christopher et moi, nous avons éclaté de rire et nous avons failli nous étouffer en avalant de travers.

— Qu'est-ce qu'il y a de drôle? nous a questionnés David.

— Rien. Tu veux quelque chose à grignoter? ai-je proposé.

— Non, j'ai eu largement assez à manger.

Ça n'avait pas l'air de le réjouir.

— J'ai eu largement assez à manger et assez à boire. J'ai largement assez dormi. J'ai même pu me laver et me changer. Mais je n'ai pu obtenir aucune réponse à mes questions! Tous les domestiques me servent le même bla-bla: «Je ne sais pas, je ne suis là que pour votre plaisir.» Leur seule préoccupation, c'est de m'apporter à manger et à boire, et est-ce que je voudrais un massage ou du baume apaisant sur mes blessures…

— Un massage? ai-je répété, réalisant que j'avais encore le dos tout endolori par le sac dans lequel je trimbalais nos maigres possessions.

David a hoché la tête.

— Ouais, tu as le choix: tu peux être massé par une nymphe ou un satyre. Ou les deux.

Christopher a écarté les bras, englobant les merveilles de marbre et d'albâtre de la pièce.

— Je me sens chez moi. Vous imaginez l'argent que l'on pourrait se faire si on trouvait un moyen d'organiser des séjours ici pour les gens du monde réel? C'est une expérience qui vaut bien cinq mille dollars la nuit, non?

— Avec un supplément pour le massage, a ajouté Jalil.

Soudain la porte s'est ouverte à la volée. Nous avons aussitôt réagi. David avait presque dégainé son épée avant qu'on ait eu le temps de voir que c'était une femme d'une trentaine d'années, aux cheveux et aux yeux sombres et un peu fous.

Son regard était révulsé comme si elle avait une attaque et elle s'est mise à psalmodier d'une voix plaintive:

Par les hordes hetwan, l'Olympe est assiégé
À nourrir Ka Anor, les dieux grecs sont
    condamnés,
À moins que les étrangers amènent la sor-
    cière à combler
Des forgerons extraterrestres le désir secret.

Après avoir récité son poème bancal, elle a cligné les paupières et nous a regardés comme si c'était nous qui avions fait irruption dans sa chambre.

— Qui êtes-vous? s'est informé David.

— Je m'appelle Cassandre.

— Oh non, c'est pas vrai! s'est exclamé Jalil. Cassandre était une sorte de prêtresse... euh, comment dit-on déjà… un médium. Ouais, c'est ça, la malédiction de Cassandre, c'est que personne ne croit ses prophéties qui sont pourtant toujours justes.

— Oui, exactement, a-t-elle acquiescé, un air de profonde résignation remplaçant l'éclat sauvage de ses yeux.

— Alors, attendez, a fait David en fronçant les sourcils. Elle dit toujours la vérité, mais personne ne la croit, c'est ça ? Alors… alors, on devrait la croire, non ?

— Tu vas croire ça, toi ? ai-je demandé.

David a secoué la tête.

— Non.

— Ce n'est pas Cassandre, a affirmé Jalil.

— Comment tu le sais ? s'est étonné Christopher. Enfin, je sais que ce n'est pas vraiment elle, mais…

Jalil avait l'air troublé. Il a plissé les yeux, pour mieux se concentrer.

— Je ne… OK, attendez, si c'était Cassandre, elle nous aurait fait une précieuse révélation, non ? Sauf que ce qu'elle vient de nous dire, c'était… c'était…

— C'était peut-être un haïku ? me suis-je interrogée tout haut. Un haïku, c'est un poème japonais de dix-sept syllabes, c'est ça ? Alors non, ce n'était pas un haïku, ai-je annoncé d'un air triomphal comme si je venais d'énoncer une grande théorie.

— Qu'est-ce qu'elle a dit, au juste ? a demandé David. J'ai oublié.

Je me suis tournée vers elle.

— Qu'est-ce que vous avez dit, au juste ?

— Ce n'est pas grave, a-t-elle répondu en repartant aussi brusquement qu'elle était venue.

— Je crois que nous venons de vivre un de ces moments si particuliers à Utopia, a conclu Jalil. Si seulement nous pouvions nous rappeler ce qu'elle a dit. Et le croire…

— Pas la peine de s'en souvenir, a répliqué Christopher, c'était débile, de toute façon.

— Ah, tu crois ?

CHAPITRE 2

Utopia.

Un univers différent. Pas une autre planète ou un autre monde – un univers complètement différent. Un univers où la magie existe vraiment. Où les personnages mythiques sont de vraies personnes. Où le temps ne suit pas toujours le même cours lent et régulier. Où ceux qui en ont le pouvoir bouleversent à leur gré les lois de la physique. Où tout le monde, partout, parle la même langue.

Je vis dans deux univers. Simultanément ? Pas exactement. Le temps d'Utopia et le temps du monde réel ne sont pas synchrones. Le temps progresse dans la même direction dans les deux univers mais, pour l'April d'Utopia, le temps du monde réel change sans arrêt de vitesse. Il y a de soudains bonds en avant et d'autres moments où la vie s'écoule normalement.

Moi, April O'Brien – l'April d'Utopia –, je vis à Utopia. Et quand je dors, je bascule, ou tout du moins mes souvenirs basculent, par-dessus la frontière des deux univers pour rejoindre l'April du monde réel.

Il y a donc deux April. Sauf quand celle d'Utopia est endormie. Alors il n'y a plus que celle du monde réel.

Sauf que mon corps d'Utopia reste à Utopia.

C'est compliqué, hein? Oui, c'est très compliqué. Laquelle des deux April suis-je? Les deux. Oui, les deux April citées ci-dessus. Je vis pleinement ma vie dans le monde réel, je sors avec mes amis, je vais au collège, je suis bénévole à la maison de retraite, je discute avec ma mère, j'embrasse mon père quand il rentre du travail, je vais faire des courses en voiture, je répète mon rôle dans une pièce, je fais mes devoirs, je dors, je me douche, je mange… et je continue à vivre ma vie comme avant.

Sauf que, de temps à autre, sans que je puisse le prévoir, je reçois brusquement un flash d'information lorsque l'April d'Utopia débarque avec les dernières nouvelles. Mauvaises, la plupart du temps.

Je peux être au café en train de siroter un thé glacé ou de déguster un gâteau aux carottes en papotant tranquillement avec mes amis quand, tout à coup, c'est le flash spécial d'information en direct! Voilà, l'autre April, celle d'Utopia, vient de s'endormir bien qu'elle ait passé les huit dernières heures pétrifiée de peur et qu'elle risque de mourir prochainement.

Salut, April. Comment ça va? L'autre April est à bord d'un bateau viking en route pour tuer un dieu aztèque qui mange le cœur de ses victimes. Bonne journée!

Des images atroces... Je peux être avec un garçon, prête pour le Grand baiser quand, tout à coup, dans mon esprit se mettent à défiler des images d'une netteté accablante, d'un réalisme terrifiant, d'hommes à l'agonie, de monstres, d'horreurs que l'esprit le plus machiavélique ne saurait imaginer. Ce n'est pas comme si je regardais un film. Ce n'est pas comme si je lisais la description d'un massacre. Ce sont des souvenirs d'événements qui se sont réellement produits, qui me sont réellement arrivés. Je ressens la douleur. Je suis terrifiée.

Ça atteint l'April du monde réel presque autant que celle d'Utopia. Peut-être plus. C'est l'April du monde réel que je veux sauver. C'est ma vie. C'est ma vraie vie, et elle est empoisonnée par ces assauts de peur et de fureur.

Il y a aussi, plus subtile, mais presque aussi destructrice à sa façon, la séduction qu'exerce Utopia. La beauté. L'excitation permanente. Des émotions si intenses, une telle indépendance, la fierté de s'en sortir par soi-même, d'accomplir des choses impossibles, d'échapper d'un cheveu à la mort. Il y a aussi tout ça dans mes souvenirs. Dans ma vie quotidienne, j'apprends soudain qu'un autre moi a affronté un dragon, défié un dieu, avec force et courage. Cet autre moi est Indiana Jones.

Je ne suis pas de ceux qui se sentent mal dans leur vie. Moi, je m'y sentais bien. J'étais heureuse, enfin la plupart du temps. J'ai une place dans le monde réel. Une place qui me convient.

Mais Utopia, c'est plus… plus fort, plus vif, plus doux et plus dur, plus étrange, plus intéressant, plus palpitant, tellement risqué, tellement dangereux… Tellement plus intense !

Les amis que j'ai dans le monde réel sont au centre de mon univers. Mes amis représentent tout pour moi. Je suis des leurs, ils sont en moi et j'espère que nous ne nous quitterons jamais, si ce n'est physiquement, du moins émotionnellement, spirituellement. Nous avons les mêmes espoirs, les mêmes centres d'intérêt, les mêmes ambitions.

Mes amis d'Utopia ? Peut-on vraiment dire que David, Jalil et Christopher soient mes amis ?

Je les regardais en train de grignoter mon petit-déjeuner et de se chamailler à propos de tout et de rien. J'ai été frappée de réaliser à quel point je connaissais ces trois garçons. À quel point j'avais confiance en eux, enfin à des degrés différents. Et aussi à quel point j'en avais assez d'eux. À quel point ils me gâchaient la vie.

Nous n'étions pas amis avant. Nous étions liés, mais sans le savoir. Au collège, dans le monde réel, mes amis (des filles pour la plupart, et quelques garçons) faisaient presque tous partie du club de théâtre.

Quand je croisais David et Christopher, je leur disais bonjour, mais ça n'allait pas plus loin. Je connaissais un peu mieux Jalil, mais pas tant que ça. Christopher, puis David, étaient sortis avec ma demi-sœur, mais on ne peut pas dire que ça en faisait des garçons recommandables à mes yeux. Ça ne me donnait pas envie de les connaître. C'était plutôt le contraire. Pour aimer Senna, il fallait qu'ils soient un peu dérangés.

Et j'avais raison. Il y avait bien quelque chose qui clochait chez David et Christopher. Et après ? C'est la vie, non ? Tous les personnages intéressants ont leurs points faibles. C'est ce qu'on apprend au théâtre : ce ne sont pas seulement les qualités qui font l'intérêt d'un rôle, mais aussi les défauts et les imperfections, et même les perversions et les vices.

Enfin, j'avais beau le savoir, ça ne m'aidait pas vraiment à les supporter.

David était pas mal physiquement ; je comprenais pourquoi Senna l'avait choisi. Il n'était pas vraiment grand, plutôt dans la moyenne, je dirais. Avec un faux air de Mel Gibson, mais en moins bien.

À mon avis, dès le début, la vie de David n'a pas été facile et c'est pour ça qu'il a l'impression d'avoir toujours quelque chose à prouver. Peut-être que c'est à cause de son père, qui est un ancien militaire. Je ne sais pas, et David n'est pas du genre à parler beaucoup de ce qu'il ressent ou de son passé.

Pour tout avouer, d'où que vienne son senti-ment d'insécurité et son besoin désespéré de prouver qu'il est fort et courageux, en fait, cela nous aide bien, ici, à Utopia. Peut-être que tous les héros, ou la plupart tout au moins, ont cette même obsession de montrer qu'ils sont «des hommes, des vrais». Peut-être, je n'en sais rien. Peu importe. En tout cas, quand ça va mal, nous nous tournons vers David et il prend les choses en main.

Ce n'est pas juste, surtout de ma part, parce que je sais qu'il n'a pas le choix. Il n'acceptera jamais d'échouer, il n'acceptera jamais de fuir et de se cacher. Il se doit d'être courageux. Nous avons intégré cette réalité et appris à l'exploiter. Ça me gêne un peu quelque part. C'est comme de demander à une personne anorexique de sur-veiller votre frigo ou à quelqu'un qui a des troubles obsessionnels compulsifs de faire votre ménage. C'est efficace, mais je ne sais pas si c'est très bien de le faire.

Christopher est plus sympa mais aussi moins droit. Il est charmeur, drôle, cool et il affiche franchement ses émotions. Quand Christopher a peur, on le sait. Quand il a faim, qu'il est en colère, vexé, ou déprimé, il ne le cache pas.

Il est plus grand que David, blond, et il oscille entre le gros nounours et la brute épaisse, selon la situation. Je l'apprécie à quatre-vingt-dix pour cent du temps.

Les dix pour cent restants, c'est un crétin sexiste, raciste et homophobe.

Je ne pense pas qu'il soit heureux. Les comiques sont rarement des gens heureux. Et il est drôle. Je me dis que ses positions un peu réactionnaires sont la preuve d'une faiblesse, d'une faille, d'un manque quelque part. Franchement, on ne peut pas dire que le racisme soit le signe d'un esprit heureux et équilibré, non?

Pour ne rien arranger, j'ai bien peur que Christopher soit alcoolique ou, en tout cas, qu'il prenne le chemin pour le devenir. D'après ce qu'il dit, ses parents boivent tous les deux, probablement plus que de raison.

Et pourtant, je l'aime bien. Peut-être que je ne devrais pas. Peut-être que je devrais le rejeter, refuser d'écouter ses bêtises. Mais je ne peux pas. Nous sommes tous dans le même bateau, tous les quatre. Et puis je crois qu'il y a de l'espoir. Oui, je crois qu'il peut changer.

La mort de Ganymède l'a touché. Ganymède lui avait sauvé la vie. Et Christopher n'a pas pu empêcher sa mort. Je crois que cette histoire a eu un profond impact sur lui. Pourquoi? Je ne sais pas vraiment. Il a peut-être l'impression de se retrouver avec une dette qu'il ne pourra jamais régler. En tout cas, c'est ce que j'ai compris d'après ce qu'il marmonnait dans son délire, car il n'a pas dessoûlé pendant plusieurs jours.

Et, enfin, il y a Jalil. Jalil, l'énigmatique. Jalil, l'impénétrable.

Ce n'est pas un problème d'incompréhension entre Blancs et Noirs. Ce n'est pas parce que sa peau n'est pas de la même couleur que la mienne ou même parce qu'il est, je crois, plus intelligent que moi. Jalil est blindé. Cuirassé. Camouflé. Si vous essayez de voir en lui, il réfléchit votre regard comme un miroir. Vos questions vous sont retournées. Votre curiosité glisse sur lui sans laisser de trace. Cache-t-il quelque chose ? Ou est-ce juste de l'arrogance ? Manque-t-il totalement de confiance en lui ou est-ce le contraire ?

Je ne sais pas.

Je l'apprécie, je lui fais confiance, je le respecte. À un moment, je pensais commencer à le connaître, mais c'était pur aveuglement de ma part. Il est plus subtil que moi, je ne peux pas déjouer ses défenses pour le réduire à quelques étiquettes bien nettes.

Il me fait un peu peur. Jamais je ne l'admettrais devant lui. Mais il vit sa vie sans aucune croyance, sans recourir à aucune autre force que la sienne. Comment supporter ce monde sans aucun espoir qu'il y ait un dieu quelque part ? Pour moi, vivre sans foi, c'est comme vivre sans manger. Ça me fascine, ça me perturbe, ça me fait douter.

Il y avait bien sûr une autre personne du monde réel avec nous à Utopia : Senna.

C'est ma demi-sœur. Nous avons le même père. Visiblement, mon respectable père n'a pas toujours été si respectable. Il a rencontré la mère de Senna, et quelques années plus tard, elle a tout simplement disparu. Le bruit courait qu'on l'avait vue ici ou là, mais ça n'a jamais été prouvé.

Alors Senna est venue vivre avec nous. Avec notre père et ma mère.

Il y a un moment que nous n'avons pas vu Senna. Mais c'était à cause d'elle que nous étions là. C'était elle qui nous liait, David, Christopher, Jalil et moi.

J'avais du mal à savoir ce que j'éprouvais pour eux, mais pas pour Senna.

Je la détestais.

CHAPiTRE 3

Une autre heure s'est écoulée avant qu'on nous envoie chercher.

Le domestique, un jeune homme très séduisant, le Dr Carter avec dix ans de moins, nous a annoncé :

— Vous avez l'honneur d'être attendus par le Grand Zeus lui-même.

Il avait l'air impressionné. Aussitôt, l'angoisse m'a contracté le ventre. Nous n'avions pas de grandes connaissances sur Utopia, sur le rôle et la fonction de chacun, mais nous avions cru comprendre que Zeus en était l'un des fondateurs. L'une des grandes puissances. Quelqu'un qu'il fallait craindre, même si nous étions là pour l'aider.

— Nous sommes censés rencontrer Zeus ? s'est étonné Jalil. Quand ça ?

— Dès que vous serez prêts.

— Mais on ne devrait pas d'abord voir sa secrétaire ou son assistante, je ne sais pas ? a suggéré Christopher.

Pour toute réponse, le domestique lui a adressé un regard vide. J'ai enchaîné avec une question vitale.

— Hé, mais qu'est-ce qu'on va porter? Enfin, c'est Zeus, quand même, ce doit être une réception un peu habillée. Et comment doit-on s'adresser à lui? Il a quel titre?

Ça, c'était dans les cordes du domestique.

— Des vêtements appropriés vont vous être fournis. Pour vous adresser au Grand Zeus, vous devrez dire Grand Zeus, Père des dieux ou Seigneur de l'Olympe. À moins qu'il ne se prenne d'affection pour vous, jeune fille, et, dans ce cas, vous serez autorisée à l'appeler Zeus, tout simplement.

— Hum…

Génial. Encore une raison de s'inquiéter. Je n'avais pas franchement envie de devenir la petite copine de Zeus. En plus, lorsqu'ils se prenaient d'affection pour vous, les dieux avaient parfois des cadeaux embarrassants. Pour nous remercier d'avoir sauvé Dionysos des griffes de Ka Anor, on nous avait proposé l'immortalité. J'avais l'impression que ce vieil ivrogne se laissait une porte de sortie malgré ses promesses répétées. Mais enfin, pour l'instant, l'offre était toujours valable.

L'immortalité. Vivre éternellement. À moins d'être tué. Mais sans vieillir, sans maladie. C'était difficile à imaginer.

En plus, ce don ne toucherait que l'April

d'Utopia, et j'espérais qu'elle ne resterait pas assez longtemps pour pouvoir en profiter.

David a pris un ton professionnel pour s'adresser au domestique :

— OK, s'il nous faut une tenue particulière, apportez-nous ce dont nous avons besoin. Et s'il faut suivre un certain… comment dit-on déjà ? un certain cérémonial, comme faire la révérence ou quelque chose comme ça, envoyez-nous quelqu'un qui pourra nous renseigner. Quand vous nous aurez apporté tout ce qu'il nous faut, nous serons prêts en dix minutes.

Le jeune homme a hoché la tête avant de détaler.

— David, tu as un don naturel pour donner des ordres aux subalternes, a remarqué sèchement Jalil.

— Ça te donne envie de l'appeler « Missieu Dave », hein, Jalil ? a répliqué Christopher.

Puis il a rougi.

Nous l'avons fixé, pétrifiés. En partie parce que nous étions choqués par son humour, mais surtout parce que nous l'avions vu rougir. C'était tout nouveau pour nous de voir Christopher gêné.

— Désolé, a-t-il fait avant de se détourner.

Je ne sais pas s'il était en colère contre nous ou contre lui-même ou bien s'il voulait juste éviter un autre sermon. Mais c'était bizarre. Bizarre de sa part.

Le domestique est revenu promptement, avec une femme plus âgée. Ils avaient apporté des toges plus chic pour les garçons et une très jolie robe pour moi : bleu pâle, longue, fendue des deux côtés, retenue aux épaules par des liens d'or et avec un décolleté tout à fait convenable tant que je ne me penchais pas.

La femme avait aussi apporté des sandales à lacets montants que j'ai refusées pour garder mes espadrilles.

— Désolée, mais de bonnes chaussures, c'est le seul avantage que nous ayons dans certaines situations, ai-je expliqué.

Elle a eu l'air perplexe.

En fait, il ne nous restait que très peu de nos affaires personnelles. Mais nous avions encore notre lecteur de CD, rarement utilisé, notre plaquette de cachets magiques, un peu d'argent et des clés, un livre, un bloc-notes que Jalil utilisait pour dessiner des croquis ou des cartes, quelques restes de nos vêtements et nos espadrilles. Heureusement que Senna nous avait donné rendez-vous au lac tôt le matin car, plus tard dans la journée, j'aurais pu décider de mettre mes bottines. Et c'est un fait : quand il s'agit de sauver sa peau, on court plus vite en chaussures de sport qu'en talons hauts !

Bien habillée, propre, rassasiée et en aussi bonne forme que je pouvais l'être vu les circonstances, j'ai rejoint les garçons.

— Hé ! s'est exclamé Christopher, vous avez vu, April est habillée en fille !

Nous avons tous ri. Puis j'ai répliqué :

— Oui, mais vous aussi !

— Très drôle, a grommelé Jalil. Je préfère me dire que ce n'est pas une robe, mais plutôt une sorte de short très large.

— Ou alors un kilt ? a suggéré David. Tu sais, comme dans *Braveheart*.

— Vous êtes en toge, les gars. Et pas longues, en plus. Je dirais même que vous portez des minitoges. Vous montrez vos jambes. On voit vos genoux et quelques centimètres de cuisse.

— Oui, mais nous allons devenir immortels, a remarqué Jalil.

— Tu crois que, pour être immortel, il faut absolument porter ça ? s'est inquiété David.

— Vous savez, au fait… à propos de cette histoire d'immortalité…, a commencé Christopher.

Il a été interrompu par l'arrivée de l'orchestre. Oui, l'orchestre. Quatre types qui jouaient du luth, de la flûte, du tambour et d'une sorte de cor ou de clairon.

Jalil a dû crier pour qu'on l'entende râler :

— Oh, super, comme ça, on ne va pas se faire remarquer.

Le groupe de musiciens nous a conduits dans la rue. Elle n'était pas pavée d'or, mais de marbre qui semblait veiné d'or. Ça m'a donné l'étrange impression de traverser un magasin de luxe où l'on ose à peine poser les pieds.

Le ciel était bleu, dégagé. L'air pur, merveilleusement doux, pas trop frais, ni trop chaud. Un temps irréel, presque trop parfait.

La chaussée était bordée de chaque côté par des constructions de pierre et de marbre. Au fur et à mesure que l'on avançait, les bâtiments devenaient plus imposants, avec de plus en plus de colonnes, et pourtant, nous étions encore dans un quartier modeste. Attention, je dis modeste, mais ces maisons faisaient déjà deux ou trois fois la taille d'une villa de milliardaire hollywoodien.

Et ça allait en empirant.

Cette croissance exponentielle créait une étrange illusion d'optique. Au loin, les bâtiments, bien que plus ou moins conçus sur le même modèle, étaient six, huit, douze, cinquante fois plus grands que ceux devant lesquels nous passions. Paradoxalement, cela donnait l'impression que la rue était très courte. Alors que pas du tout, en fait.

— Alors on nous avait relégués dans les bas quartiers, a râlé Christopher. C'est un peu vexant quand on y pense. D'accord, c'était sympa, mais il faut regarder la vérité en face : nous avons dormi dans un motel bas de gamme de l'Olympe. Et moi, ça me chagrine.

Le quatuor marchait devant nous, répétant un thème simplet du genre de ceux qu'un compositeur pianote spontanément avant d'arriver à sa création aboutie.

J'ai alors réalisé que, dieux ou pas, les gens de l'Olympe ne savaient pas écrire la musique. Vraiment. Pas de notes. Pas de clé de sol.

Nous avons croisé pas mal de curieux. La plupart d'entre eux m'avaient tout l'air d'être des humains, enfin un échantillon particulièrement beau, sain et fort de la race humaine. Mais ici et là, on remarquait des spécimens de deux mètres, deux mètres cinquante, qui paradaient parmi les mortels comme des stars parmi les clients d'un supermarché.

L'Olympe, tout du moins dans sa version Utopia, était une montagne au sommet raboté, un peu comme celle de Rencontres du troisième type, ou comme un volcan dont la cheminée serait pavée de pierres scintillantes. Et nous étions tout en haut, sur le plateau, au beau milieu de l'unique et immense avenue de l'Olympe.

C'était beaucoup trop calme et désert. On se serait cru dans un musée. Une immense exposition en plein air des merveilles architecturales de la Grèce antique.

De notre petit motel au palais de Zeus, il y avait un sacré bout de chemin. Et je commençais à avoir les nerfs en boule. Oui, nous avions sauvé Dionysos qui, comme les deux tiers des dieux, était un enfant de Zeus. Alors, en théorie du moins, nous devions être les bienvenus. Mais jusque-là, les immortels que nous avions croisés ne m'avaient pas enthousiasmée.

Ils étaient psychotiques, meurtriers, complètement fous. Vraiment pas le genre de personnes à qui vous auriez envie de confier les rênes de votre univers. Et d'après ce que Dionysos nous avait raconté, Zeus avait un penchant pour la boisson, il courait après tout ce qui portait un jupon et quand il était en colère, soûl ou simplement de mauvaise humeur, il foudroyait ceux qui avaient le malheur de passer par là.

Je savais aussi que Zeus habitait la grande maison au bout de la rue. Vous voyez une carte postale du Parthénon? Bon, c'était comme ça, mais tout neuf et rutilant, pas en ruine. Une double rangée de colonnes, une volée de marches sur le devant et même un dôme comme la cathédrale Saint-Pierre.

Je me doutais qu'il devait vivre dans un truc immense. Mais après vingt minutes de marche, le bâtiment nous paraissait toujours plus grand. De plus en plus grand.

Plus grand que le Capitole. Plus grand que tout ce que j'avais vu auparavant. Même le château de Loki aurait pu passer par la porte.

Quel genre de créature pouvait vivre là-dedans? Comment rester humble avec une maison pareille?

«Tu sais, April, je crois que l'humilité n'est pas une qualité très prisée par ici.»

J'avais l'impression que nous rétrécissions. Comme si, en ayant commencé le trajet à notre taille normale, nous nous retrouvions maintenant à peine aussi grands que des fourmis. C'était très humiliant.

Nous sommes passés devant la statue d'une

femme qui portait un casque. La sculpture était au pied d'une volée de marches qui montait à la hauteur d'un cinquième étage. En haut se dressait un temple, pas aussi grand que celui de Zeus, mais pas mal quand même. Et la statue s'élevait presque aussi haut que le sommet du toit.

J'en suis restée bouche bée. Mon côté féministe était flatté. Je ne savais pas quel rôle était réservé à notre sexe dans cette société mais, qui que soit cette femme, elle inspirait le respect.

Elle était vêtue d'une robe toute simple, pas très différente de la mienne. Mais elle portait un immense bouclier ovale sur le côté gauche. Et de la main droite, elle tenait une lance, pointée légèrement vers l'avant, surplombant la rue. Un miracle de la sculpture. Comment avaient-ils réussi à faire tenir des tonnes de marbre dans les airs comme ça?

Elle avait une expression intelligente. Prédatrice. Une femme à qui il ne fallait pas en conter. Une femme qui avait toujours une longueur d'avance. Une femme qui, quand elle plongeait ses yeux en vous, voyait aussitôt tout ce que vous vouliez cacher.

Et là, j'ai reçu un choc: le modèle de la statue se tenait devant moi. Une femme grande, mais pas beaucoup plus qu'une joueuse de basket-ball de la NBA féminine. Et pourtant c'était sans aucun doute possible l'incarnation vivante de la statue, jusqu'au bouclier et à la lance, sauf qu'elle la tenait sagement sur le côté.

— Qui est-ce ? a chuchoté Christopher. Tu crois que j'ai une chance avec elle ?

— C'est Athéna.

Son nom était sorti de ma bouche avant même que j'aie eu le temps d'y réfléchir. Comment pouvais-je le savoir ? Aucune idée. Sûrement un souvenir d'enfance. Un reste des bouquins de mythologie qui me passionnaient à l'époque, mais que j'avais depuis longtemps oubliés.

— Athéna, a répété Jalil en hochant la tête comme si c'était tout naturel que je la connaisse.

Elle nous a regardés. Sans rien dire. Sans aucune réaction. Elle nous a simplement regardés passer.

Avant, j'avais l'impression d'être un minuscule insecte mais, maintenant que je sentais ses yeux dans mon dos, j'aurais aimé être encore plus petite.

Athéna. La déesse de la sagesse. La déesse de la guerre. Quel genre de société pouvait confier ces deux rôles à une seule divinité ?

CHAPITRE 4

Après deux heures de marche en compagnie de notre orchestre minable, nous avons enfin atteint le pied des escaliers menant au temple de Zeus.

Puis il nous a fallu encore quinze minutes pour arriver en haut.

Nous commencions franchement à en avoir assez et tout ce qui nous intéressait, c'était de trouver les toilettes.

À la dernière marche, nous étions complètement essoufflés. La faute à un petit-déjeuner trop copieux. Dans un coin de ma tête, j'ai noté qu'il faudrait que je me contrôle au prochain repas. Puis je me suis dit que c'était ridicule. S'il y avait bien une chose dont j'étais sûre, c'est que, à Utopia, on finissait toujours par mourir de faim.

Je dois admettre que Zeus sait recevoir. Il ne nous a pas accueillis en personne, bien sûr, mais des domestiques particulièrement mignons nous ont fait entrer dans une petite pièce où ils nous ont proposé à boire, de quoi grignoter et de l'eau pour nous laver. Il y avait même un petit coin à l'écart, protégé par des rideaux, pour faire ce que nous avions à faire.

— C'est comme si la famille Pierrafeu débarquait à la Maison-Blanche, vous ne trouvez pas ? a remarqué Christopher.

— Hé, on est là pour essayer d'aider Zeus, nous a rappelé David. Et puis il ne se nourrit pas de cœurs humains, c'est déjà ça.

— Ouais, enfin si on prend Huitzilopochtli comme référence, on place la barre un peu bas pour juger les dieux, non ? a répliqué Jalil.

Un domestique a interrompu leur discussion.

— Venez par ici, le Grand Zeus vous attend.

Nous avions déjà joué la scène d'entrée dans la Grande salle du trône chez Loki. Et à l'époque, nous étions morts de peur. Du coup, j'étais un peu préparée à ce que j'ai découvert. Mais bon, c'était quand même impressionnant. D'abord, Zeus devait avoir le seul toit-dôme escamotable de tout Utopia. Du coup, le temple ressemblait à un théâtre à ciel ouvert. C'était immense mais, si l'extérieur paraissait rectangulaire, l'intérieur du bâtiment, ou tout du moins cette pièce monumentale, semblait plutôt ovale.

Il n'y avait pas de murs, mais des rangées de colonnes qui formaient des galeries ouvertes courant tout autour de la pièce. À chaque étage, les colonnes avaient un style différent : en bas, de simples piliers cannelés, remplacés plus haut par des statues – celles de dieux et de déesses, je suppose. Ça donnait l'impression d'être une minuscule bestiole au milieu d'une scène bien éclairée, encerclée de milliers et de milliers de spectateurs à la mine sévère, dont très peu avaient pris la peine de s'habiller.

En plus du toit escamotable, l'ovale était ouvert à l'autre bout également, si bien que le ciel bleu dessinait une sorte de L au plafond.

Pas tout à fait au centre de la pièce, il y avait une plate-forme. Pas très haute, surélevée seulement par quelques marches de taille humaine.

Sur cette vaste estrade se tenaient vingt ou trente dieux. Des centaines de domestiques s'affairaient autour d'eux ou en contrebas, pour leur apporter à manger et à boire. Il y avait aussi des serviteurs qui s'activaient comme une équipe de techniciens sur un plateau de tournage : coiffeurs, maquilleuses, habilleuses, valets et lèche-bottes.

On pouvait presque deviner qui était qui en fonction des personnes que chaque dieu avait à son service. Une jeune femme mince et sportive était allongée sur une sorte de chaise longue. À ses côtés se tenaient une nymphe qui portait un arc, une autre un carquois rempli de flèches et deux jeunes femmes qui donnaient des friandises à des lévriers géants.

Nous avons avancé, mais les dieux et les domestiques nous ignoraient complètement. En fait, tout en mangeant et en buvant, ils avaient une discussion très animée. Au centre de la plate-forme, il y avait une foule de belles et grandes créatures. Quelques autres, comme la déesse à l'arc, étaient assis un peu à l'écart ou regroupés en petites bandes de deux ou trois.

On sentait bien qu'il y avait un personnage important au milieu de l'assemblée, mais nous ne pouvions pas le voir.

Un domestique nous a remarqués et a plongé dans la mêlée, se frayant un chemin entre une déesse acariâtre et une grosse brute qui la fixait d'un air furieux sous ses sourcils d'Homme de Néanderthal. J'ai constaté avec horreur qu'il avait une épée à la main. Du sang gouttait de la lame. Ploc. Ploc. Ploc. Lentement, mais sans former de flaque de sang, sans jamais tacher le sol de marbre.

Soudain, notre vieil ami Dionysos a surgi en titubant de la foule des dieux. Il avait l'air tout à fait à sa place dans cette assemblée. Il avait l'apparence que nous lui avions toujours connue : celle d'un homme entre deux âges, marqué par une vie de débauche.

— Ah, mes chers compagnons !

— Salut, mon vieux ! s'est écrié Christopher en agitant la main.

Dionysos nous a mis en garde :

— Faites attention tant que Zeus n'a pas changé de forme, car nul mortel ne peut supporter la vue du dieu dans toute sa puissance. La mort affreuse de ma pauvre mère, Sémélé, en témoigne.

— Votre mère était une mortelle ? me suis-je étonnée.

— Alors vous n'êtes qu'un demi-dieu, a remarqué Jalil, comme Héraclès.

Dionysos a froncé les sourcils. S'il avait été sobre, il aurait peut-être pu se vexer.

— Un demi-dieu ? Mais non ! Je ne suis pas né d'une mortelle, elle m'a juste conçu. Lorsque Héra a piégé ma mère en lui conseillant de demander à Zeus de lui apparaître sous sa véritable forme, la pauvre femme a bien évidemment été réduite en cendres. Je ne dois ma survie qu'à Zeus, mon père, qui m'a arraché du ventre de Sémélé pour me cacher dans sa cuisse jusqu'à ma naissance.

Cette révélation des plus étranges nous a tous laissés sans voix.

— Ah, d'accord, a fini par dire David.

— Voilà, vu que je suis né de la cuisse de Zeus, je suis forcément un dieu.

Et avec un petit sourire suffisant, il a vidé son verre.

— Pourtant, ai-je déclaré en survolant du regard l'assemblée des dieux, vous avez l'air… différent. Enfin, ce n'est pas pour vous vexer, mais… vous paraissez plus vieux, plus petit, bref vous êtes plus normal que la plupart d'entre eux.

Dionysos ne s'est pas offusqué. Il a éclaté de

rire. Et brusquement, à sa place, est apparu un beau jeune homme souriant qui dépassait bien les deux mètres.

— Je prends l'apparence à laquelle les gens s'attendent, a-t-il expliqué. Franchement, de quoi voudriez-vous que le dieu du vin et de la débauche ait l'air?

Il a repris son style plus cool et nous a adressé un clin d'œil.

— Il y a une part de spectacle, de jeu, dans notre fonction de dieu. Regardez Artémis, allongée là-bas, avec ses chiens. Elle a bien l'air que doit avoir la déesse de la chasse et la protectrice de la virginité.

— En fait, je la trouve pas mal, a commenté Christopher. Elle a un petit air timide, genre Steffi Graff.

— Exactement, a approuvé Dionysos. Vous imaginez une gardienne de la virginité qui ressemblerait à Méduse? Pour refuser, il faut être désirée. Une vieille sorcière n'a aucun mérite à rester vierge, après tout.

Le verre de vin qu'il avait à la main s'est rempli tout seul et il a bu une grande gorgée.

Il m'a dévisagée curieusement.

— Tu lui plaisais, j'imagine. Et toi aussi, a-t-il ajouté en se tournant vers Jalil.

Je crois bien que c'était la première fois que je voyais Jalil troublé.

— Et je peux savoir pourquoi? a-t-il répliqué.

Christopher a souri. David, lui, s'impatientait.

— Dionysos, qu'est-ce qui se passe ? Qu'est-ce qu'on fait ici ?

— Quoi ? Vous n'êtes pas au courant ? L'Olympe est assiégé. Vous ne savez pas que des milliers et des milliers de Hetwan nous encerclent ? C'est la plus grande armée qu'on ait vue depuis qu'Agamemnon a bloqué Priam à Troie.

— Hum... On aimerait bien vous aider, mais qu'est-ce qu'on peut y faire, nous ?

Dionysos a cligné de l'œil.

— Vous vous souvenez, je vous ai promis l'immortalité ? Pour Christopher, pas de problème puisque c'est à lui que je l'ai proposée en premier. Mais pour vous autres... j'ai bien peur que le Grand Zeus trouve que j'ai exagéré. J'ai pu obtenir qu'il accepte de vous recevoir en disant que vous étiez de grands guerriers qui avaient battu les Hetwan.

— Vous lui avez dit quoi ? a demandé David d'une voix stridente.

— Je lui ai dit que vous pouviez l'aider à vaincre les Hetwan et l'immonde Ka Anor. Et je suis sûr que tu en es capable, mon petit gars. Bon, si on prenait un verre ?

— Pourtant, est intervenu quelqu'un, visiblement, il n'y a pas de Hector ou d'Achille parmi vous.

Je me suis retournée. C'était elle. La déesse de la statue. L'air préoccupé mais pas malveillant. Sceptique mais pas hostile. Elle m'a tout de suite plu. J'espérais qu'elle ne me ferait pas changer d'avis en m'écrasant comme un vulgaire insecte.

C'est alors qu'une voix tonitruante a fait trembler le sol :

— Ah, te voilà, Athéna, ma fille. Alors nous pouvons commencer.

La déesse a levé les yeux au-dessus de nos têtes et elle a souri, un sourire franc et honnête.

— Oui, père, me voici.

CHAPITRE 5

L'assemblée s'est écartée. Certains membres nous ont laissés passer de bonne grâce, d'autres en grommelant. Tous sauf Arès qui est resté sur place avec son épée sanguinolente.

Et là, enfin, nous avons pu voir Zeus.

Ou tout du moins un très gros aigle. Pas un aigle royal ni aucune espèce connue. Cet oiseau était magnifique, noir et gris avec un bec et des serres jaunes. Il aurait facilement pu saisir et emporter un camion comme une proie.

Cependant, il ne pouvait pas rivaliser avec Nidhoggr. Je commençais à être experte en trucs géants. C'était un très, très grand aigle. Mais rien à voir avec le dragon au tas d'or.

— Approche, ma fille, a ordonné Zeus version aigle.

Athéna s'est avancée, d'un pas pressé.

En arrivant devant l'aigle, elle a posé un genou à terre en le saluant :

— Père.

— Ma colère s'est apaisée, ma fille, a-t-il déclaré.

Son bec bougeait lorsqu'il parlait, comme si un rapace pouvait vraiment produire cette voix de basse.

Athéna s'est relevée.

— Oui, je me doutais qu'au vu de la défaite d'Arès, vous reconsidéreriez votre attitude à mon égard.

L'aigle n'a montré aucune réaction à cette remarque légèrement sarcastique. Mais le visage d'Arès s'est crispé davantage. Je ne pouvais pas le sentir, ce dieu. Franchement, je n'aurais pas aimé me retrouver toute seule avec lui. Il avait l'air d'un tueur sans scrupules.

— Qui sont ces mortels ? a demandé Zeus.

Tous les regards se sont tournés vers nous. Combien ? Beaucoup. Des regards durs, indifférents, hargneux ou critiques.

— C'est Dionysos qui les a amenés, a expliqué Athéna. Je suppose donc que ce sont des idiots, des ivrognes et des débauchés.

L'aigle nous a examinés. J'ai eu l'impression d'être passée aux rayons X. Mais peut-être que c'est toujours comme ça quand un aigle pose les yeux sur vous. Ce rapace avait un regard intelligent, ce qui m'a fait penser que Zeus n'était peut-être pas si stupide que ça. Et Athéna était loin d'être bête, j'en étais sûre.

— Ce sont les guerriers que tu nous as promis, Dionysos ? a demandé Zeus d'un air incrédule.

— Ils n'en ont pas l'air, a admis le dieu du vin, mais ce sont de grands massacreurs de Hetwan. Ce garçon que voici…

Il a passé le bras autour des épaules de David.

— … en a tué au moins vingt-cinq.

C'était un peu exagéré, mais pas tant que ça.

— Même cette jeune fille en a supprimé quelques-uns.

Les regards qui se posaient sur nous ne se sont pas adoucis pour autant. Arès a pris la parole :

— Certains de mes hommes en ont éliminé plus de cent. Dans mon armée, j'ai les fils d'Ajax, d'Hector et même d'Achille. De nombreux valeureux guerriers ont massacré des Hetwan.

— Moi seul, j'en ai abattu plus d'un millier, a annoncé une voix puissante.

Un homme s'est frayé un chemin hors de la foule. Il était bâti comme un troll. Trapu avec un torse large et un cou épais. Il portait une sorte de robe à bretelles qui montrait une poitrine velue digne de King Kong.

— Bon sang, ce gars ferait un malheur au Super Bowl ! a murmuré Christopher.

Arès a hoché la tête.

— C'est sûr, Héraclès a massacré beaucoup de Hetwan. Mais mes mortels en ont tué encore plus ! Il y avait des piles de cadavres.

Héraclès ? Hercule ? Il ne ressemblait pas du tout à celui de la série télé !

— Et pourtant, est intervenue Athéna, ils sont parvenus à assiéger l'Olympe. Ils nous bloquent sur trois côtés et vont bientôt complètement nous encercler. On rejoue la guerre de Troie, père, et nous tenons le rôle des Troyens.

L'aigle a levé une main – oui, une main – pour l'arrêter. Ses serres se changeaient en jambes et une main avait surgi parmi les plumes d'une de ses immenses ailes. Zeus était en train de reprendre sa forme.

— Qui êtes-vous, mortels? Expliquez-vous et vite!

Soudain, une seconde main est apparue. Et dans cette main, un éclair. Ce n'était pas un éclair de dessin animé. Il crépitait et tressautait comme un vrai. J'ai senti mes cheveux se dresser sous l'effet de l'électricité statique. J'ai senti la chaleur qu'il dégageait sur ma joue. C'était une lance de foudre de six mètres de long, grésillante et prête à frapper.

Nous avons tous avalé notre salive avec un gros gloups. Je savais que ce n'était pas à moi de répondre. David a hoché discrètement la tête, comme si, d'un commun accord et en silence, nous l'avions désigné comme porte-parole.

Dionysos s'est approché pour chuchoter:

— Parle haut et fort. Il ne répète jamais ses questions.

— Nous venons de l'Ancien Monde, a commencé David.

L'aigle a levé un sourcil.

— Comment se fait-il que vous vous retrouviez parmi nous?

David a eu un instant d'hésitation.

— Dis-lui simplement la vérité, a soufflé Jalil. Si tu essaies de couvrir Senna, il va nous transformer en hot dogs.

— Nous avons été entraînés ici contre notre gré lorsque Loki...

David s'est interrompu.

— Vous savez qui est Loki ?

— C'est un dieu mineur des barbares du Nord, a répondu Zeus d'un ton dédaigneux.

Son visage commençait à apparaître comme une ombre sur la tête de l'aigle.

— C'est ça. Eh bien, il a fait kidnapper une fille nommée Senna par son fils, Fenrir. Senna était... enfin, c'est une de nos amies.

Athéna ne l'a pas laissé poursuivre.

— Et pourquoi cet escroc de Loki voudrait-il capturer une fille du monde réel ?

— Euh... parce que, en fait, c'est une sorcière, a répondu David en fixant ses pieds.

On aurait dit qu'il avait commis un crime de haute trahison. David avait dénoncé Senna, en partie du moins.

Mais il était toujours sous son influence. Même ici, même maintenant, alors qu'elle ne nous était pas apparue depuis des jours et des jours.

J'ai décidé de prendre la parole.

— Écoutez, Senna est censée être une sorcière et Loki pense que c'est une sorte de portail vers le monde réel. Il veut l'utiliser pour regagner l'Ancien Monde et s'échapper d'ici. Échapper à Ka Anor.

— En effet, j'avais entendu certaines rumeurs…, a remarqué un jeune dieu avec de petites ailes aux chevilles et sur son casque.

Zeus était presque à moitié humain. C'était un étrange mélange d'homme et d'aigle. J'avais du mal à soutenir sa vue.

C'était comme essayer de fixer le soleil. Je pouvais le regarder un moment, mais, ensuite, j'étais obligée de me détourner, les larmes aux yeux. En plus, les craquements sinistres de son éclair me faisaient sursauter.

Athéna a poursuivi l'interrogatoire.

— Donc, c'est Loki qui retient cette sorcière ?

— Non, il l'a perdue. Nous l'avons revue depuis, plusieurs fois. Elle a eu affaire à Huitzilopochtli. Merlin est à sa poursuite pour empêcher qu'elle serve de portail vers le monde réel. Et Ka Anor aussi est après elle.

— Nous connaissons Merlin l'Enchanteur. Il est d'une grande sagesse, a affirmé Athéna et, avant que j'aie pu répondre, elle a enchaîné : Vous avez traversé la cité de Ka Anor, n'est-ce pas ? Qu'y avez-vous vu ?

— Nous avons vu Ganymède se faire dévorer, a lâché Christopher.

Ça a jeté un froid. Un frisson a parcouru la foule. Il avait dit l'indicible. Et ça perturbait la pièce bien rodée que jouaient les dieux de l'Olympe. La peur ne devait pas être un sentiment très répandu par ici, j'imagine.

Mais Athéna n'avait pas l'air plus émue que ça.

— Ganymède nous manquera mais, ce que j'aimerais savoir, c'est si vous avez vu les troupes hetwan?

C'est Jalil qui a répondu.

— Ils sont des dizaines de milliers. Impossible d'être plus précis. Mais je crois que le vrai problème, c'est qu'ils se reproduisent rapidement. Ganymède nous a appris qu'en un seul accouplement qui coûte la vie à la femelle, ils peuvent avoir jusqu'à huit ou dix petits. J'ai remarqué que nous n'avions jamais croisé de jeunes Hetwan, j'en déduis qu'ils arrivent très vite à l'âge adulte.

— Ils sont faciles à tuer, a ajouté David. En combat singulier, je veux dire. Ils ont des armes qui lancent une sorte de poison brûlant. Mais à un contre un, on peut les battre.

Il s'est tourné vers Arès et Héraclès.

— Je ne doute pas que vous puissiez en tuer beaucoup, mais pouvez-vous les arrêter? C'est une autre question.

— C'est un problème mathématique, a repris Jalil d'un ton un peu suffisant. Admettons qu'ils soient cinquante mille. Comme chacun d'eux peut donner naissance à dix petits, il faut les éliminer plus vite qu'ils se reproduisent. Ça me semble difficile.

— Nous massacrerons tous ceux qui osent nous attaquer! a rugi Arès. J'inonderai les champs de leur sang!

— J'en ai tué mille. Je peux en tuer dix mille, a renchéri Héraclès avec le même enthousiasme.

Sans répit, nous avons chargé. Sans répit, nous avons repoussé leurs assauts.

— La question, ce n'est pas de savoir combien de Hetwan vous pouvez tuer, a affirmé Jalil, mais quel est le rapport de forces. Si un de vos guerriers se fait tuer chaque fois qu'un Hetwan se fait tuer, c'est la défaite assurée. Même si vous arrivez à deux ou cinq pour un, vous êtes fichus. Il faut voir combien d'hommes vous avez perdus par rapport à eux.

— De nombreux hommes valeureux sont morts au combat, a déclaré un dieu d'une grande beauté.

Il parlait d'une voix calme, mais pleine d'autorité, et, bizarrement, il avait l'air assez «humain» pour un dieu.

— Apollon, nous a glissé Dionysos comme un souffleur de théâtre.

— Le courage de nos guerriers nous étonne, a poursuivi Apollon. Arès et Héraclès ordonnent assaut sur assaut mais, chaque fois, ils reviennent moins nombreux. Nous sommes cernés par on ne sait combien de milliers de Hetwan et, de notre côté, il reste à peine un millier d'hommes.

— Quoi? s'est exclamé Christopher. Vous vous retrouvez à cinquante contre un? Oh, bon sang! Moi qui croyais qu'on pourrait se reposer un peu ici. Je vous donne moins d'une semaine pour rôtir sur le barbecue de Ka Anor!

— Ka Anor ne me fait pas peur! a affirmé Arès.

— Ouais, eh bien, moi je l'ai vu dévorer ton copain Ganymède. Et je vais te dire quelque chose, gros dur, si tu n'as pas peur de Ka Anor, tu es encore plus bête que tu en as l'air.

CHAPITRE 6

J'ai littéralement vu le sang de Christopher se glacer dans ses veines. Il venait d'insulter un dieu qui devait aimer démolir les gens juste pour s'amuser.

— Je voulais dire…, a-t-il repris d'une toute petite voix.

Arès a découvert une bouche pleine de dents au milieu de sa barbe noire.

— Tiens, justement, mon épée avait envie de chair fraîche.

Il s'est approché de Christopher. David a dégainé son épée, mais Athéna s'est interposée en posant la main sur son bras.

Heureusement, Dionysos s'est avancé vers Zeus, tout sourire.

— Ce mortel m'a sauvé la vie, père. Je lui ai promis l'immortalité en retour.

Zeus avait maintenant l'air d'un respectable homme d'un certain âge. Le genre Sean Connery avec plus de cheveux et une barbe. Il rayonnait.

Comme si, sous sa peau, il y avait de l'acier en fusion. Comme si on risquait de se brûler les doigts en le touchant. Je ne pouvais toujours le regarder que quelques secondes avant d'être prise de malaise.

Zeus a éclaté de rire.

— Oh, Dionysos, la dernière fois que tu as offert l'immortalité à quelqu'un, c'était à cette blonde. Cette fille qui avait hérité de je ne sais quel vignoble.

Dionysos a écarté les mains.

— Elle était belle, gentille, et elle possédait le meilleur raisin dont on puisse honorer un vin. Et ce visage! Ce corps! Ce vin!

Les dieux ont laissé échapper quelques ricanements. Puis Zeus s'est mis à rire à gorge déployée, et le rire s'est propagé. Arès a compris que sa partie de massacre était annulée. Christopher aussi, et il semblait proche de s'évanouir.

— Si tu lui as promis l'immortalité, il l'aura, a repris Zeus. Nous sommes ravis que tu aies échappé à Ka Anor, Dionysos. Que deviendraient nos fêtes sans toi? Approche, mortel.

Christopher a avancé d'un pas. Il a réfléchi et fait deux pas de plus.

— Euh, non merci, a-t-il bafouillé avant de reculer.

Zeus a écarquillé les yeux.

— Tu refuses l'immortalité?

— Ouais. Je veux dire, oui, Monsieur. Votre... Votre Altesse Divinissime.

— Personne ne refuse l'immortalité, a répliqué Zeus. N'est-ce pas ?

— Non, ont répondu en chœur les dieux vexés.

— Ce serait cool d'être immortel, ce n'est pas le problème, a expliqué Christopher. C'est juste que je ne le mérite pas. Ganymède m'a sauvé la vie et, quand j'aurais pu le sauver à mon tour, je me suis enfui. Alors, c'est… c'est pour me racheter. C'est une affaire d'honneur, quoi.

Zeus en est resté bouche bée. Tous les dieux et leurs domestiques étaient d'ailleurs bouche bée.

David et Jalil n'en revenaient pas.

— Qu'est-ce qu'il raconte ? a murmuré Jalil.

— Écoutez, ce n'est pas si difficile à comprendre. Il faut payer ses dettes, non ? Je n'ai pas pu rendre à Ganymède ce que je lui devais. Alors c'est comme ça que je paie.

Seul Apollon a eu l'air de saisir.

— Tu as l'impression d'avoir une dette à régler.

— Ouais. Euh… oui, Monsieur.

— Eh bien, laisse-moi te dire que c'est complètement idiot, a répliqué Apollon.

— Bon… alors, qu'est-ce qu'on fait ? a demandé Zeus, décontenancé.

— Nous avons été insultés ! a beuglé Arès. Il faut jeter ce mortel du haut de l'Olympe. Oui, comme ça, il tombera durant une semaine avant de s'enfoncer dans les profondeurs de la mer !

— Oh, la ferme, Arès, a murmuré Artémis.

Arès s'est jeté sur elle, l'épée à la main. Je me suis reculée mais Artémis était déjà debout, son arc armé d'une flèche.

Les deux dieux se défiaient du regard. Épée sanguinolente prête à massacrer et arc gracieux prêt à tirer.

Une déesse d'une grande beauté mais un peu plus âgée – Héra, je l'apprendrais plus tard – s'est mise à hurler après Artémis comme si tout était sa faute. Apollon, sans raison apparente, s'en est pris à Dionysos. Et en un éclair, une vingtaine de dieux échangeaient les pires insultes, grondant, rugissant, proférant de terribles menaces. C'était un tel vacarme que les dalles de marbre en tremblaient. De gros nuages noirs se sont amassés dans le ciel, cachant le soleil.

Comme par un coup de baguette magique, en quelques secondes, les immortels s'étaient changés en fous furieux. Des fous capables de modifier la réalité qui les entourait par la simple force de leurs émotions. Un cyclone se formait, une tornade tourbillonnait sur l'estrade. Le tonnerre grondait. La foudre crépitait. Au moins trois dieux ont quitté la pièce comme un ouragan, écrasant sur leur passage les pauvres domestiques qui ne s'étaient pas écartés à temps.

Je me suis bouché les oreilles. J'étais en plein cœur d'une tornade. Le vent arrachait mes vêtements, me fouettait le visage, me piquait les yeux. J'avais du mal à rester debout. Je devais ressembler à ces journalistes qui se font filmer au beau milieu de la tempête, agrippés à un lampadaire, en annonçant : « Comme vous pouvez le voir, il y a ici un vent terrible ! »

C'était fou. Ils étaient en train de bavarder tranquillement, affalés dans leurs fauteuils comme dans une réunion de famille barbante, et l'instant d'après, ils montraient les crocs comme des chiens enragés.

Seule Athéna restait à l'écart, à les observer avec une moue de mépris. Elle était dans une oasis de calme. Le vent ne l'atteignait pas. J'avais presque l'impression qu'elle n'entendait même pas les cris et les grondements de tonnerre.

— Il faut qu'on s'éclipse discrètement, nous a crié David pour qu'on l'entende malgré le vacarme. Ces gars sont complètement dingues. Doucement. Reculez sans vous retourner.

J'étais tout à fait d'accord. Ils étaient tous fous. Des fous dangereux. Nous avons commencé à battre en retraite en nous tenant par la main pour ne pas être emportés par le vent.

— Stop ! a ordonné Zeus avec sa voix à faire trembler les murs.

Les cris et les chamailleries ne se sont pas arrêtés, mais nous, oui.

— Je ne peux plus bouger, a constaté Jalil en me jetant un regard désespéré.

Je ne pouvais pas remuer non plus. Mes pieds étaient collés au sol. J'avais beau gigoter, me contorsionner et me tortiller, je ne pouvais pas les soulever.

Zeus s'est levé. Il dominait déjà les autres dieux et continuait à grandir. Il était complètement humanoïde désormais. Enfin, j'imagine que c'est le mot. Il avait l'air d'un humain. Sean Connery avec une barbe. Un Sean Connery très en colère avec des éclairs tout frétillants dans la main.

Il s'est avancé et a botté les fesses de Dionysos avec sa sandale dorée, envoyant notre dieu préféré rouler par terre. Puis, d'une main grande comme une porte de garage, il a attrapé Arès par les talons. Il se débattait en vain tandis que sa tête se balançait à trente centimètres du sol.

Alors Zeus l'a jeté comme un brin de paille. Le dieu de la guerre a tourbillonné dans les airs avant de s'écraser contre un pilier du troisième étage qui devait représenter Héra.

Arès s'est écroulé à terre. Il est resté assommé quelques secondes, comme un joueur de football blessé, puis il s'est relevé, le souffle court.

— Arès est en colère! a-t-il haleté.

— Zeus est en colère! a tonné Zeus qui savait que nul ne pouvait surenchérir sur son nom.

C'était l'atout suprême.

— Si c'est comme ça, je ne me battrai plus pour défendre l'Olympe! a décrété Arès comme un gamin de cinq ans qui pique sa crise.

Juste en plus grand. Et en plus dangereux.

Puis il a quitté la pièce comme un ouragan – littéralement –, défonçant deux colonnes au passage.

Les disputes s'étaient un peu calmées. Un par un, les dieux, rouges de colère pour la plupart, se

59

sont tus. La tempête était passée.

J'étais secouée. Terrifiée. J'ai lâché la main de Christopher, je me suis recoiffée un peu et j'ai rajusté ma robe.

— Bon, j'ai une idée, a chuchoté Christopher. Maintenant, on ne dit plus rien qui risque de les vexer, d'accord?

— Nous avons perdu Arès, a constaté Héraclès d'un air sombre.

— Alors nous n'avons pas perdu grand-chose, a répliqué Athéna avec dédain.

Quelques dieux ont repris leur place dans leurs fauteuils ou ailleurs. Le tourbillon avait disparu. Le tonnerre s'était tu. Le ciel s'est éclairci.

— Et ils se demandent pourquoi les Hetwan leur donnent une râclée, a marmonné David dans sa barbe.

Mais pas assez bas pour que ses paroles échappent à Athéna.

— Que dis-tu, mortel?

— David, je croyais qu'on avait décidé d'éviter de les vexer, a soupiré Christopher.

— Ouais. Eh bien, tu sais quoi? Tant pis pour leur sale petit caractère. J'en ai assez. Voilà ce que c'est de se faire baiser les pieds pendant des siècles. Il est temps qu'ils affrontent la réalité, non?

Je crois qu'à cet instant, nous étions tous les trois très fiers de David.

Et nous avons discrètement commencé à nous écarter de lui.

CHAPITRE 7

— Génial, c'est reparti pour un tour, a grommelé Christopher.

Mais David s'est avancé. Il était furieux et il n'essayait même pas de le cacher. Ni à eux ni à nous.

Pour être honnête, le respect naturel que nous inspiraient ces créatures de deux mètres de haut commençait à s'émousser. Nous commencions tous à en avoir plus qu'assez des dieux.

— J'ai dit que ce n'était pas étonnant que les Hetwan aient le dessus, a répété David.

L'ombre d'un sourire a flotté sur les lèvres d'Athéna.

— Il insulte les dieux, a constaté celui qui avait des ailes aux chevilles.

Avec le plus grand calme, Athéna a abaissé sa lance pour la pointer sur la poitrine du dieu ailé.

— Silence, Hermès. Tant qu'il dit la vérité, il est sous ma protection. Continue, mortel.

David a voulu glisser ses pouces dans ses

poches arrière pour se donner une contenance mais il a réalisé qu'il n'en avait pas.

— Bon, voilà, les Hetwan sont tous unis. Un seul dieu. Un seul chef. Et tous les mâles sont des sortes de prêtres-soldats. D'une loyauté parfaite. Et sans aucune peur. Si Ka Anor leur ordonne de mourir, ils meurent. S'il leur demande de tuer, ils tuent. Et ils ne se disputent jamais avec Ka Anor.

Athéna a hoché la tête, satisfaite.

— Même un mortel comprend ça! s'est-elle écriée. Un idiot de mortel de l'Ancien Monde peut comprendre ce qui échappe à tous les dieux de l'Olympe. Nous ne pouvons pas battre un adversaire uni si nous sommes divisés!

— Et bien sûr, nous devons tous nous unir derrière Athéna, a insinué Héra pernicieusement. Nous devons tous nous agenouiller devant elle.

— Ce n'est pas la guerre de Troie, a répliqué Athéna. Ni aucune des grandes guerres que nous avons connues depuis la naissance d'Utopia. Nous avons toujours soutenu le côté que nous voulions, en choisissant de favoriser tel mortel ou tel autre. Nous nous disputions les uns les autres en utilisant les mortels comme des pions. Et...

— Mais il en a toujours été ainsi, est intervenu Apollon. Sinon comment les mortels auraient-ils conscience de notre puissance? Et comment sauraient-ils que nous veillons sur eux?

— Aujourd'hui, c'est différent. Ce n'est pas une guerre humaine. Nous nous retrouvons dans la même situation qu'au temps des anciennes guerres, lorsque Zeus le Tout-Puissant a permis à la race des dieux de battre les Titans pour prendre contrôle du monde. De nouveau, nous devons nous unir, mettre de côté jalousies et mesquineries pour joindre nos forces et...

— Et t'obéir, a complété une voix féminine langoureuse.

C'était une déesse que je n'avais pas encore vue parce qu'elle était allongée sur un sofa à l'écart de la foule.

Maintenant, elle s'approchait de nous d'une démarche féline. Elle portait une robe presque entièrement transparente qui soulignait les moindres courbes de son corps de Miss Monde. C'était l'équivalent féminin de Ganymède : d'une incroyable beauté. Si belle qu'elle émouvait même les femmes, même moi. Si belle qu'à côté d'elle, Athéna et Héra, qui n'étaient pourtant pas mal, passaient pour des laiderons.

À sa suite, juste au-dessus d'elle, voletait un jeune homme élancé. On lui aurait donné à peine seize ans. Il devait en réalité avoir des siècles. Mais on aurait dit un adolescent, mince et un peu efféminé, à l'échelle un demi. Il agitait lentement ses ailes d'ange, un petit arc à la main. À côté de la superbe déesse, il avait l'air d'un chérubin.

— Qui d'autre pourrait diriger la guerre ? a demandé Athéna. Toi, Aphrodite ?

J'ai jeté un coup d'œil à mes amis. Si on leur avait demandé leur avis, je crois qu'Aphrodite aurait pu diriger le monde entier. Je ne leur avais jamais vu l'air aussi crétin et idiot. Jalil rajustait soigneusement sa tenue. La vertueuse colère de David s'était éteinte, remplacée par un demi-sourire et des yeux exorbités comme s'il préparait un livre en trois tomes sur les moindres détails du corps d'Aphrodite.

Christopher lui a même fait un petit signe de la main en disant :

— Salut !

— C'est Arès le dieu de la guerre, a répondu Aphrodite de sa voix ensorcelante. C'est lui qui mène nos guerriers. Et c'est…

Elle s'est humecté les lèvres, tirant un grognement vorace à David.

— … c'est un merveilleux amant.

Le gamin volant a ricané en faisant un geste obscène.

Puis il m'a adressé un clin d'œil.

— Tu n'as qu'à le rejoindre, Aphrodite, a répondu Athéna, dégoûtée. Va rejoindre Arès et emporte ton pigeon avec toi.

— Pigeon ? a répété le chérubin d'un ton moqueur. Je suis vexé. Quelle surprise que la chaste déesse de la sagesse n'aime pas Éros !

— Elle ne connaît rien à l'amour, a constaté Aphrodite avec pitié. Les seuls hommes qui trouvent grâce à ses yeux sont les philosophes bavards et les soldats obéissants. Elle ne doit pas souvent s'amuser !

Sur ce, Éros a éclaté de rire et Hermès a esquissé un sourire.

Après son petit numéro qui avait fait oublier à David, Jalil et Christopher où ils se trouvaient, ce qu'ils faisaient et jusqu'à leur propre nom, Aphrodite a quitté la pièce en roulant des hanches comme un top modèle sur un podium.

Zeus avait l'air abattu. D'un œil noir, Athéna a suivi la déesse du regard. Artémis aussi, mais avec une lueur admirative dans les yeux.

— Qu'est-ce qu'on va faire maintenant ? a soupiré Zeus.

Une fois la déesse de l'amour partie, David a paru reprendre ses esprits. Paru seulement.

— Vous n'avez qu'à nous montrer vos défenses, a-t-il répondu en jetant un œil dans la direction où elle avait disparu. Emmenez-nous voir le… le, euh, le champ de bataille.

Du coup, ça a ramené Christopher à la réalité.

— Quoi ?

— Écoute, ces gars sont irrécupérables, a expliqué David sans même baisser la voix. Regarde-les. Ka Anor arrive, les Hetwan ont envahi leur territoire et ils n'arrivent toujours pas à s'entendre pour réagir. Ils ne sont pas capables de fonder une démocratie, ils ne peuvent pas non plus instaurer une dictature. Va demander à une bande de chats de coopérer, toi !

« C'est exactement ça, ai-je pensé. Ils ne jouent pas délibérément les idiots, ils agissent juste suivant leur nature. Ils sont ce qu'ils sont. Des gamins de deux ans dotés de superpouvoirs. »

Sans réfléchir, j'ai pris la parole :

— C'est dans leur nature, ils sont comme ça. Tous les dieux. Loki, Hel et Huitzilopochtli. Et tous ceux-là.

Je me suis tournée vers Athéna.

— Ça vous est impossible, n'est-ce pas? C'est votre faiblesse. Vous ne pouvez pas changer. Vous ne pouvez vraiment pas changer, je veux dire. Dionysos sera toujours un ivrogne, Aphrodite une garce et Arès une brute assoiffée de sang. Toujours. Quoi qu'il arrive.

Athéna a eu l'air choquée et j'ai eu peur d'avoir dépassé les bornes. C'était à David qu'elle avait demandé de dire la vérité, pas à moi. Mais cette bouffée de colère a vite fait place à la tristesse.

— Oui, notre nature est déterminée une fois pour toutes. Seuls les mortels peuvent changer.

C'est alors que David est intervenu:

— Écoutez, vous devez remporter cette guerre, un point c'est tout. L'Olympe est l'une des plus grandes forces d'Utopia. Enfin, c'est ce qu'on dit. Vous êtes les dieux les plus nombreux, les mieux organisés. Vous avez cette montagne qui vous donne un avantage sur les autres. Si vous vous inclinez face à Ka Anor, qui va l'arrêter?

— Mais il n'est pas question que nous perdions! s'est écrié Héraclès en tambourinant presque sur sa poitrine. Nous avons dans nos rangs les plus valeureux mortels. Et le Grand Zeus est le plus puissant de tous les dieux.

Jalil est intervenu pour la première fois. Il n'était pas en colère comme David, ni indigné comme moi. Il parlait calmement. Posément. Comme si tout ça lui était un peu égal.

— Ce n'est pas votre courage qui compte. Les Hetwan se moquent complètement de savoir si vous êtes valeureux ou pas. En fait, si cette bravoure vous conduit à faire des bêtises, alors c'est tant mieux pour eux. Ce n'est pas la guerre de Troie. Ce n'est pas un gars avec une épée contre un autre gars avec une autre épée. Si vous voulez les battre, il va falloir vous montrer plus malins qu'eux.

Athéna a hoché la tête.

— J'en suis consciente. Mais pourtant…

Son regard a vacillé, elle cherchait ses mots.

— … pourtant, j'ai toujours été la protectrice des guerriers courageux et avisés : Persée, quand il a tué Méduse, Bellérophon, Jason, Diomède, et bien sûr, le grand, l'incomparable Ulysse qui a vaincu Troie, non par la force, mais par la ruse.

Le nom d'Ulysse l'a fait sourire. Un instant, elle a eu l'air perdue dans ses souvenirs.

— Mais aujourd'hui, nul Ulysse dans nos armées. Pas de Jason ni de Persée. Qui va être mon grand guerrier ? Qui saura mener la guerre intelligemment ? Qui pourra retourner le cours de la bataille contre les Hetwan ?

Elle a levé la main et a pointé un doigt sur David.

— Toi ?

Je n'avais aucun doute sur ce que David allait répondre.

— Oui, nommez-moi responsable. Enfin, nous, a-t-il corrigé en nous montrant du menton. Confiez-nous la direction des armées. Nous battrons les Hetwan pour vous.

CHAPITRE 8

—Alors maintenant, tu te prends pour Ulysse?

Nous marchions sur les talons d'Athéna, laissant derrière nous Zeus et toute sa ménagerie d'immortels en folie. Nous quatre, comme une bande de crétins, derrière l'immense, la puissante, la magnifique déesse de la sagesse et de la guerre.

Christopher avait l'audace de titiller David, mais il n'osait pas essayer avec Athéna.

Je commençais à être experte en immortels. En tout cas, j'étais plus calée que pas mal de mortels. À force de les fréquenter, j'avais tiré mes petites conclusions. Ils étaient tous susceptibles. Tous étranges. Difficiles à suivre. Rigides et inflexibles. Immoraux.

Peut-être qu'il vaudrait mieux dire amoraux. Mais bon, je ne vois pas très bien la différence entre ne pas avoir de morale et suivre de mauvais principes moraux. Au bout du compte, c'est la même chose : on fait ce dont on a envie.

Je me demandais si les dieux formaient ce qu'on appelle une espèce, comme les hommes, les singes ou, pour reprendre l'exemple de David, les chats. Ils avaient en majorité l'air humain. En plus grands.

Et en plus puissants. Parfois, ils rayonnaient d'une lueur surnaturelle. Ils paraissaient capables de changer d'apparence, de se transformer en différentes créatures, de faire varier leur taille.

Mais peut-être que tout cela n'était qu'illusion. N'étaient-ils que des humains avec des pouvoirs magiques ou bien étaient-ils, en dépit des apparences, aussi différents de nous que les gorilles ?

Étaient-ils issus d'une double hélice d'ADN comme n'importe quel animal ? Peut-être, après tout, étaient-ils comme les humains, avec quelques chromosomes de plus ou de moins ?

J'aurais aimé pouvoir en discuter avec Jalil. Il avait certainement une théorie là-dessus. En fait, je voyais déjà sur son visage l'expression perplexe et prudente qu'il prend lorsqu'il pense qu'il a fait une découverte.

Une chose était sûre : je n'avais jamais rencontré de déesse comme Athéna auparavant. Elle n'avait rien à voir avec Hel, Huitzilopochtli ou même Dionysos. Après tout, c'était la déesse de la sagesse. Peut-être était-ce suffisant pour expliquer cela. C'était la déesse la plus saine d'esprit que j'avais croisée. Et pourtant, elle admettait quand même qu'elle ne pouvait pas changer.

Elle nous a guidés le long d'un couloir sans fin. Tout au bout se découpait un parfait rectangle de ciel bleu. Elle marchait sans un mot et, par respect, par peur ou par simple prudence, nous nous taisions aussi, mis à part Christopher, qui ne pouvait pas s'empêcher de chuchoter.

— On devrait peut-être t'appeler Davidos, maintenant. Ça sonne mieux pour un chef de guerre de l'Antiquité. Ouais, Davidos Levinos. Le premier J..., le premier Américain héros de la Grèce antique.

Il avait failli dire le premier Juif, mais il s'était arrêté juste à temps.

— Oh, j'essaie, vous savez, a-t-il marmonné. Mais c'est pas drôle d'être politiquement correct.

— Ça ne me dérange pas que tu dises que je suis le premier héros juif de la Grèce antique, l'a rassuré David. C'est plutôt cool. Bon, je suis seulement à moitié juif, mais ce n'est pas grave.

— Oh, bon sang, comment je suis censé savoir ce qui est cool ou pas, moi! a soupiré Christopher.

Alors Jalil a répondu:

— Et si on instaurait un système de quota? On t'interdit les mots qui nous mettent vraiment hors de nous, mais on te laisse raconter une histoire vaseuse par semaine et tu as le droit à un «Missieu» par jour, avec la prononciation adéquate, bien sûr.

Ça nous a tous fait rire et Athéna s'est retournée pour nous jeter un regard noir par-dessus son épaule comme un professeur qui escorte les clowns de la classe jusqu'au bureau du directeur.

Mais elle n'a pas essayé de nous tuer. Étonnant quand on connaît les habitudes de la plupart des dieux.

Nous sommes passés par le rectangle de ciel bleu et j'ai senti le vent m'aspirer. Nous étions au bord du vide. Au-dessus des nuages. Comme à bord d'un avion.

J'ai baissé les yeux et, entre les nuages, j'ai découvert un paysage de carte postale : des champs, des vignes, des ruisseaux argentés et des villages blanchis à la chaux.

Mais par-dessus tout cela, des traînées brunes. Comme si les égouts avaient débordé. Une marée brune recouvrait les routes, entachait les champs, s'engouffrait entre les maisons et les fermes.

Les Hetwan étaient partout. Ils avaient même infesté les contreforts de l'Olympe.

Tout au bord du plateau, avec sa robe qui volait au vent, Athéna a penché la tête en arrière.

— Viens à moi, vif coursier de Bellérophon. Viens à moi, Pégase, avec ta descendance !

— Elle a bien dit Pégase ? s'est étonné Christopher.

Je lui ai pris la main et j'ai désigné le ciel. De loin, on aurait pu croire une volée de mouettes qui se détachait en blanc sur bleu. Mais l'illusion s'est dissipée lorsqu'ils se sont rapprochés. Ce n'était pas des oiseaux, mais des chevaux. Des chevaux blancs avec de grandes ailes, blanches également.

— Bon, je sais que je devrais commencer à me lasser de répéter ça, mais c'est impossible, a affirmé Jalil, l'air révolté. On ne peut pas faire tenir un cheval dans les airs avec des ailes d'oiseau. Et comment elle fait pour tourner, cette créature? Elle a une queue de cheval, pas de plumes. Normalement, elle ne devrait pas pouvoir tourner. Et pourtant…

— BAU, a répliqué David.

— Ouais, bienvenue à Utopia, je sais, a grommelé Jalil.

Quatre chevaux volants ont piqué vers nous, les sabots remontés, la queue flottant au vent. La tête haute, sans aucun souci d'aérodynamique, ils battaient lentement des ailes.

Jamais je n'avais vu quelque chose d'aussi beau. Jamais de ma vie ici, à Utopia, ni de ma vraie vie dans le monde réel, je n'avais vu quelque chose de comparable. J'en avais les larmes aux yeux. Dire que, dans mon univers, ces merveilles n'existaient pas!

J'aurais pu me promener avec des copains et lever les yeux pour voir… ou alors regarder par la fenêtre, chez moi ou au collège, et apercevoir…

Naseaux et sabots noirs, yeux d'un brun presque noir qui se détachaient sur un blanc trop lumineux pour être naturel.

Le plus grand cheval a ralenti comme n'importe quel oiseau, en écartant les ailes.

Magnifique. Je ne trouvais pas d'autre mot. C'était magnifique.

Il s'est posé légèrement près de nous avec un bruit sourd.

— À l'appel d'Athéna, sans délai Pégase est là, a déclaré le cheval.

— Et il parle, a soupiré Jalil. Le pire, c'est que ça ne me surprend même pas.

Les trois autres chevaux tournaient lentement au-dessus de nos têtes. Un manège dans le ciel.

La déesse a donné une tape affectueuse sur l'encolure du cheval.

— J'ai besoin de toi et de tes fils. Je te demande de bien vouloir porter ce mortel et de dire à tes fils de se charger de ses compagnons. Emmenez-les où ils voudront. Montrez-leur les armées. Laissez-les vous monter et à leurs vœux obéissez, pour l'amour d'Athéna.

Pégase a hoché vivement la tête, comme un subordonné compétent recevant des ordres de son chef.

Athéna s'est tournée vers David.

— Va, vole sur le dos de Pégase pour voir comment sont disposées les armées. Et trouve comment sauver l'Olympe.

Elle n'a pas attendu que David la gratifie d'un salut militaire. Elle a disparu. Littéralement. Elle était là et l'instant d'après, elle n'y était plus. Jusque-là, sa carrure imposante me protégeait un peu du vent, et maintenant, je me retrouvais pleinement exposée.

— Eh bien, Davidos Levinos, à toi de jouer! Montre-nous l'exemple, a fait Christopher en poussant David vers le cheval ailé.

— Euh… il n'y a pas de selle, a constaté David pas très héroïquement.

— Personne ne selle Pégase, a répliqué le cheval.

— D'accord, a acquiescé David.

Puis il s'est tourné pour nous dire en aparté:

— C'est pas vrai! Je parle à un cheval!

— Tu n'as qu'à sauter dessus, a suggéré Jalil.

— Oh, oh. Je te laisse essayer, si tu veux. Tu es expert en chevaux volants maintenant, Jalil?

— Mmm, non. Non, pas du tout. C'est pour ça que j'attends que tu me montres comment on s'y prend.

David s'est concentré comme s'il se préparait pour enfourcher sa monture à la Zorro mais Pégase a simplement abaissé une aile. David est monté dessus comme sur un marchepied. Ses espadrilles laissaient des traces sur le blanc immaculé des plumes, mais en quelques secondes, les empreintes avaient disparu.

Tout gauche, il s'est avancé sur l'aile, puis s'est installé maladroitement sur le dos de sa monture.

— OK, a-t-il fait d'une voix mal assurée.

Pégase s'est relevé et a replié ses ailes. Puis il s'est retourné et s'est cabré comme un cheval de western avant de s'élancer dans le vide.

David a hurlé. Pas du tout héroïque, comme cri. Je me suis précipitée au bord du plateau, en m'attendant à demi à voir le cheval et son cavalier tomber en tourbillonnant pour s'écraser au pied de la falaise.

Mais Pégase a étendu ses ailes et s'est laissé porter par un courant d'air ascendant. Il s'est éloigné lentement, majestueusement. Il volait. Un cheval. Avec un garçon sur le dos.

— On pourrait croire que je me suis habitué à ce genre de choses, à la longue, a commenté Jalil. Eh bien, non. J'insiste, je me répète, mais c'est im-pos-sible.

Un par un, les fils de Pégase, qui lui ressemblaient tous plus ou moins, en un peu plus petit, sont descendus pour nous prendre sur leur dos, Jalil, Christopher et moi.

Moi en dernier, parce que je n'étais pas vraiment enthousiaste.

Monter à cheval, d'accord. Mais monter sur un cheval volant, c'était une autre histoire. Ils avaient beau être d'une beauté à couper le souffle, ça ne me rassurait pas plus que ça.

Pourtant, pas de doute, David, Christopher et Jalil et s'en sortaient plutôt bien. Et j'avais vu des choses bien plus étonnantes qu'un cheval ailé depuis que j'étais arrivée à Utopia. Après tout, j'avais quand même vu voler Nidhoggr!

Mais quand mon cheval est venu se poser près de moi, j'ai dû me forcer à grimper sur son dos. Ce n'était vraiment pas évident. Sur un cheval normal, on peut laisser ses jambes pendre de chaque côté, ou bien prendre appui sur les étriers. Mais sur un cheval ailé, pour s'asseoir, il faut soit relever les jambes et les tendre vers l'avant, soit les replier comme si on était à genoux. Sinon, on a les pieds qui se prennent dans les ailes. D'abord, ça gêne votre monture et, en plus, vous avez l'air ridicule parce que vos jambes montent et retombent toutes seules à chaque battement d'ailes. J'avais vu Jalil le faire, et il avait l'air d'un pantin!

Alors je me suis avancée sur l'aile, retenant un gémissement à chaque pas, j'ai replié les jambes en m'agenouillant à demi sur le dos de mon cheval et il s'est élancé de la falaise.

C'est à ce moment-là que je me suis mise à hurler.

CHAPITRE 9

Une peur panique.

Je n'avais rien pour me raccrocher, nulle part où poser mes pieds.

Mon cheval ne galopait pas à travers prés, mais au beau milieu des airs.

J'étais en équilibre sur son dos. J'ai serré les genoux pour renforcer ma prise, mais ce n'était pas vraiment rassurant. J'avais l'impression d'être en avion. Pas à l'intérieur, mais sur la carlingue. À l'extérieur.

Ma monture avançait dans une sorte de galop fluide, comme un cheval de course filmé au ralenti. Quand ses ailes montaient, elles plaquaient mes cheveux en arrière, quand elles redescendaient, je sentais son dos se redresser d'un coup.

— Ne me laisse pas tomber, lui ai-je murmuré à l'oreille.

— Ne t'inquiète pas.

— Comment tu t'appelles? lui ai-je demandé

en me retenant d'ajouter un « mon grand » condescendant.

— Pélias, en l'honneur du roi Pélias.

— Ah, le roi Pélias. Bien sûr. Bon, alors ne me fais pas tomber, Pélias.

Il est descendu en arc de cercle pour rejoindre son père et ses frères. Quatre chevaux montés par quatre cavaliers extrêmement nerveux se sont placés en V, avec Pégase en tête.

Comme nous volions à la vitesse du vent, nous avions l'impression qu'il n'y avait pas de vent, mis à part le courant d'air régulier produit par les ailes de Pélias.

— Je suis la seule à avoir peur ? ai-je crié.

— Oh non ! s'est exclamé Christopher.

C'était comme dans un rêve. Le genre de rêve qu'on trouve merveilleux et palpitant après coup, une fois qu'on est réveillé.

Nous étions tous les quatre dans le calme du ciel, suspendus dans les airs comme un mobile au-dessus d'un berceau de bébé.

Je voyais à l'infini. L'Olympe bloquait la vue dans notre dos mais, loin devant, et malgré tout pas encore assez loin, je distinguais une trouée dans les arbres, un cercle vide, le cratère de la cité de Ka Anor.

Nous avons suivi Pégase pour descendre en tournoyant comme des vautours au-dessus d'un cadavre. Nous avons traversé des nuages de coton blanc. Je me suis retrouvée baignée de rosée. À part mon propre corps, je ne voyais plus rien.

Mon cheval, aussi blanc que le nuage, semblait avoir disparu. J'étais pétrifiée : je chevauchais une monture invisible.

Il ne restait plus qu'une pauvre fille recroquevillée dans sa robe trop habillée, qui montait et descendait au rythme d'ailes invisibles au milieu d'un néant plus blanc que blanc.

J'ai repéré Jalil qui émergeait des nuages, mais cette vision s'est dissipée aussi vite qu'elle était apparue. Plus loin, j'ai aperçu David qui, comme moi, comme Jalil, n'était plus qu'une silhouette humaine qui volait sur une monture invisible.

Puis nous sommes passés sous les nuages, nous avons retrouvé le ciel clair.

Et mon cheval est réapparu entre mes jambes.

Alors que nous descendions doucement, de temps à autre, ma tête faisait une brève incursion dans les nuages. Puis les nuages sont devenus un plafond. Et enfin, de vrais nuages bien au-dessus de nous.

Dans une trouée, nous avons aperçu l'Olympe qui nous dominait de toute sa hauteur. De là, on ne pouvait pas voir les splendeurs qu'abritait son plateau. De la Terre, personne ne pourrait jamais apercevoir la cité de Zeus.

Les flancs du mont Olympe étaient presque droits, des falaises grises à pic avec, par endroits, quelques gros rochers éboulés. Pourtant ce n'était pas un obstacle infranchissable. Après tout, nous l'avions grimpé à pied et à dos de mule.

L'Olympe était relié à une chaîne de montagnes qui s'étendait à droite et à gauche, peut-être à l'est et à l'ouest, ou alors au sud et au nord, je n'en avais aucune idée. J'ai décidé arbitrairement que ce devait être du nord au sud, avec l'Olympe, un peu à l'écart, à l'ouest.

La chaîne de montagnes traçait une ligne déchiquetée à laquelle le mont était relié par une arête haute et étroite. On ne devait pas pouvoir passer dessus à plus de dix de front. De chaque côté, une paroi escarpée, pleine de rochers en équilibre, comme s'il y avait des éboulements tous les jours. La crête ressemblait à un pont suspendu, plus basse au milieu qu'à chaque extrémité.

Nous étions arrivés par le sud, sud-ouest, par une route tortueuse, bordée de villages, de boutiques, d'étals et d'étables. C'était visiblement l'accès le plus commode.

Mais nous avions remonté cette route pas plus tard que la veille et nous n'avions pas rencontré de barrage hetwan. Même maintenant, la route semblait ouverte et les villageois vaquaient librement à leurs occupations. J'ai vu une charrette à bœufs qui montait doucement. Des hommes qui travaillaient dans les champs, suivant au pas des charrues tirées par des mules. Des femmes qui battaient leur linge sur les rochers au bord d'un torrent.

Pas le moindre Hetwan. Pourquoi? Pourquoi n'étaient-ils pas venus par cette route?

Pélias a suivi Pégase de l'autre côté de la montagne et nous avons découvert le principal champ de bataille, sur la face ouest. C'était le flanc le plus abrupt et le plus accidenté de l'Olympe, avec de drôles de petits plateaux comme si une créature immense avait creusé des marches.

Il devait y avoir six plateaux, allant de la taille d'un terrain de football à celle d'un petit parc de stationnement. Il n'y avait que quelques arbustes noueux sur les contreforts, mais les plateaux, eux, étaient cultivés, avec des vignes et des arbres bien alignés, sûrement ceux de vergers. Il y avait aussi des carrés d'herbe nus et même de grossières petites cabanes ou étables en pierres.

Les Hetwan avaient évidemment pris le plus bas des six plateaux. Et je distinguais un réseau d'escaliers en construction qui permettrait à leur armée de grimper les cent mètres qui les séparaient du niveau suivant.

Ce deuxième plateau était occupé par les Grecs, que l'on voyait de loin, corsetés dans leurs armures étincelant au soleil. Peut-être y avait-il les mille hommes dont s'était vanté Arès. Mais ils n'avaient pas l'air si nombreux.

Ils avaient planté des tentes de couleur vive au fond de la plate-forme, derrière un verger d'une soixantaine d'arbres. Le plateau devait faire soixante mètres de long et moitié moins de profondeur au point le plus large. La plupart des hommes étaient rassemblés autour de feux de camp, occupés à manger, à boire et à rire si fort que l'écho parvenait jusqu'à moi, dans le ciel. S'ils étaient battus, ils n'avaient pas l'air de s'en rendre compte. Quelques visages se sont levés pour nous regarder passer. Ils avaient le teint olivâtre avec les cheveux et les yeux bruns, certains portaient la barbe, d'autres étaient rasés de près.

Nous avons survolé le champ de bataille et contourné la montagne pour examiner la face nord.

— Pourquoi ne construisent-ils pas des barricades ? s'est étonné Jalil.

— Ces hommes ont l'habitude de se battre avec des épées et des lances, a expliqué David. Et je ne vois pas comment ils pourraient s'en servir s'ils étaient coincés derrière une barricade. Ils se battent d'homme à homme, épée contre… sarbacane hetwan, j'imagine.

— Ils ont aussi des archers, a remarqué Christopher. Ils pourraient au moins les protéger.

— Oui, a acquiescé David, mais vous vous rendez compte qu'on assiste là à une guerre sans les deux derniers millénaires d'expérience et de progrès ?

— Parce que, pour toi, en améliorant les techniques de guerre, on a progressé ? ai-je ironisé. Qu'on puisse tuer plus de gens plus rapidement, c'est un progrès, pour toi ?

Alors que nous nous éloignions, David a soupiré :

— Regardez, ils laissent ces maudits Hetwan construire des marches qui mènent droit au prochain plateau, alors qu'ils auraient pu facilement les brûler. Au moins, ça les aurait affaiblis, ralentis.

Sur la face nord de l'Olympe, la paroi de pierre déchiquetée était profondément entamée par un torrent qui rebondissait de rocher en rocher en cascades spectaculaires.

— Bon, j'imagine qu'on a vu tout ce qu'il y avait à voir, a conclu David.

Mais quelque chose avait attiré mon regard.

— Attends une minute, David.

Nous avons continué à examiner le flanc nord, et j'ai trouvé ce que je cherchais : il y avait un canyon qui partait presque du sommet pour arriver un peu plus bas que le plateau où étaient postés les Hetwan.

— Regardez, là ! Ce canyon a probablement été creusé par le torrent qui a ensuite changé de lit. Ou alors c'est une ancienne rivière qui s'est asséchée.

— Je le vois, a répondu David, perplexe. Et alors ?

J'étais un peu surprise. Il ne comprenait pas ce que ça signifiait ? Alors peut-être que je me trompais.

— En passant par ce canyon, on peut avancer sans se faire remarquer par les Hetwan. Tu vois, ça permet de descendre en parallèle avec leur armée sans qu'ils s'en rendent compte. Tu pourrais amener tes troupes par ici, les faire descendre par le canyon et attaquer les Hetwan par le flanc. Le problème, ai-je ajouté, c'est qu'ils pourraient faire l'inverse. Ils pourraient emprunter ce canyon pour bloquer les Grecs, et on se retrouverait cernés de tous côtés.

David s'est approché de moi sur son cheval. Il était rouge écarlate.

— Ouais, a-t-il approuvé. Ouais, c'est vrai.

— Oh, mon Dieu! s'est exclamé Christopher, qui ne voulait pas laisser passer une seule occasion de le taquiner. Le général vient de recevoir une leçon de stratégie. De la part d'une fille, en plus.

Mais, une fois sa gêne dissipée, David s'est montré beau joueur.

— Elle a l'œil, c'est bien. Tu as raison, April. Si les Grecs avaient emprunté ce canyon quand ils étaient encore nombreux, ils auraient pu bloquer l'avance des Hetwan, ils les auraient pris en tenaille et écrasés avant qu'ils aient le temps de demander des renforts.

J'étais contente de moi et, pourtant, il n'y avait pas de quoi. J'avais trouvé comment aider des gens à tuer d'autres gens. Enfin, c'était quand même cool. J'avais «l'œil».

Mais Pégase avait encore une meilleure vue que moi.

— La bataille a commencé! a-t-il annoncé.

Et nos quatre montures sont parties à tire-d'aile pour regagner le flanc ouest de l'Olympe.

— On ne va pas se mêler de ça maintenant, hein ? s'est inquiété Christopher.

— On dirait que si, a répliqué Jalil.

Alors je suis intervenue :

— David, on ne va pas se jeter dans la bataille comme ça ? Enfin, on est censés s'occuper de la stratégie, dresser des plans de bataille, non ?

Il s'est tourné légèrement pour m'adresser un sourire narquois.

— April, il va falloir attendre un millénaire avant de voir arriver un général qui commande la bataille de l'arrière. Ce sera l'un des progrès qui te rendaient si sarcastique tout à l'heure.

— Je retire ce que j'ai dit. Vive le progrès. Je veux diriger les combats de l'arrière. Ouais, c'est beau, le progrès.

Il a éclaté de rire.

— À la prochaine bataille, peut-être. Pour celle-ci, c'est trop tard. On va devoir se salir les mains.

CHAPITRE 10

Nous sommes descendus en piqué, comme des avions de combat. Comme si nous allions jouer les Baron rouge et bombarder les Hetwan au passage.

Évidemment, ce n'était pas le but. En fait, nous allions juste rejoindre les rangs des Grecs.

— Où sont passés les dieux? ai-je demandé. Où sont les soi-disant dieux? Pourquoi ne nous donnent-ils pas un coup de main?

En dessous de nous, il n'y avait que des hommes, me semblait-il. Des hommes, forts, grands, avec de splendides armures et des casques ornés de plumes d'un mètre de long, mais aucun des dieux de l'Olympe. Ni Apollon. Ni Artémis avec son arc. Ni Arès ni Zeus. Ni Athéna non plus.

Les Hetwan avaient achevé leur réseau enchevêtré d'échelles, de plates-formes et de marches. On comprenait aisément pourquoi ils s'étaient donné la peine de construire une telle structure. Leur constitution naturelle n'était pas l'idéal pour la randonnée en montagne. Ils avaient des ailes. Quand ils avaient besoin de monter une pente escarpée, ils n'avaient qu'à voler. Mais alors pourquoi ne s'en servaient-ils pas aujourd'hui?

Ils grimpaient, par centaines, peut-être même par milliers, en rangs disciplinés, suivant leur chef bien sagement, sans se bousculer. Comme des fourmis.

Les Hetwan qui attaquaient étaient quatre ou cinq fois plus nombreux que les Grecs censés leur résister. Mais les forces hetwan n'étaient pas entièrement déployées. Il y en avait encore plein qui s'affairaient sur le premier plateau, et d'autres encore dans la campagne environnante.

Nous n'étions qu'à une cinquantaine de mètres quand les deux armées, hetwan et grecque, se sont jetées l'une sur l'autre dans un vacarme assourdissant mêlant le choc des épées sur les boucliers au rugissement des guerriers.

Nous sommes descendus si brutalement que tout s'est brouillé devant mes yeux. Pélias a atterri aussi doucement qu'un jet privé. Il galopait légèrement dans les airs quand, soudain, ses sabots ont heurté le sol et se sont mis à marteler frénétiquement la pierre et l'herbe.

David a tout de suite bondi de son cheval et s'est précipité vers les tentes. On aurait dit qu'il voulait fuir aussi loin que possible de la bataille.

— Venez m'aider! nous a-t-il crié par-dessus son épaule.

Les soldats grecs nous dépassaient en courant, fonçant tête baissée dans la mêlée, avec un sourire dément aux lèvres, attachant leur casque, dégainant leur épée, avalant une dernière gorgée de vin.

Nous nous sommes faufilés entre eux en sens inverse et nous nous sommes retrouvés tous seuls dans le campement, tout essoufflés et déboussolés. Mais David avait une idée derrière la tête.

— Défaites-moi ces tentes, a-t-il ordonné. Arrachez les piquets, allez!

On aurait dit qu'il avait pour mission de démonter le campement en un temps record.

J'ai levé les yeux vers le ciel d'azur pour apercevoir Pégase et ses enfants qui regagnaient le domaine des dieux. J'aurais bien aimé les suivre. J'étais en robe, au beau milieu d'un campement militaire, à essayer de déterrer des piquets de tente de deux mètres de haut.

Grâce à Excalibur, son couteau suisse avec une lame en acier coo-hatch qui coupait n'importe quoi, Jalil mettait en pièces les toiles de tente.

David s'est emparé d'une longue bande de tissu et l'a enroulée autour de mon piquet de tente en terminant par un nœud digne d'un véritable professionnel de la voile.

— Tiens, je crois que c'est de l'huile d'olive, a dit Christopher en approchant une grosse cruche en terre du feu le plus proche. J'espère que ça brûle bien.

Ça alors ! Ou David lui avait expliqué son plan, ou Christopher avait compris tout seul.

David a hoché la tête puis il a trempé l'extrémité recouverte de chiffon du piquet dans la cruche avant de la plonger dans le feu.

Ça a pris quelques secondes, mais le tissu s'est mis à brûler, dégageant une fumée noire.

Armé de sa torche, David m'a adressé un sourire qui ressemblait étrangement à celui des soldats grecs.

— Ils vont voir ce qu'ils vont voir ! a-t-il annoncé avant de s'élancer comme un sauteur à la perche vers le cœur de la bataille.

— Espérons qu'il sait ce qu'il fait, a commenté Jalil d'un ton détaché.

Nous avons continué à travailler. Finalement, c'était plus rapide qu'il n'y paraissait. Il nous a fallu moins d'une minute pour fabriquer une autre torche.

— Je prends celle-là ! a annoncé Jalil.

— Je peux le faire, ai-je répliqué.

Pas méchamment. Mais c'était vrai. Je n'avais peut-être pas la force de me battre à l'épée mais ça, je pouvais le faire.

J'ai couru avec le piquet enflammé sur l'épaule. Au bout de vingt pas, j'étais tout écorchée et pleine de bleus. Les guerriers grecs me tournaient le dos. Un bloc compact de soldats qui se bousculaient pour atteindre les Hetwan en premier. Il y avait des lances et des épées partout. J'avais l'impression d'essayer de me faufiler dans une foule de porcs-épics!

— Attention! Chaud devant! ai-je hurlé.

Un jeune officier m'a remarquée et il s'est mis à filer des coups à ses soldats pour qu'ils se mettent en rangs. J'ai joué des coudes pour me glisser entre eux. Quel vacarme. Ils braillaient, invoquaient les dieux, juraient, proféraient mille menaces, poussaient des cris de triomphe.

Et, tout à coup, je me suis retrouvée sur le front. Les Grecs tailladaient avec une violence étonnante les rangs des Hetwan qui répliquaient par des tirs de sarbacane. Ce n'étaient pas les combats joliment chorégraphiés de Hollywood. Des fous furieux frappaient et frappaient de toutes leurs forces pour enfoncer leurs lames profondément dans la chair des Hetwan. Des membres d'extraterrestres jonchaient le sol.

Mais les Hetwan n'étaient pas non plus sans défense. Les Grecs hurlaient comme des animaux enragés lorsque le venin brûlant traversait leur armure et entamait leur chair.

Un guerrier s'est retourné en se tenant le visage. Une boule de feu hetwan avait pénétré son orbite gauche et cuit son globe oculaire en grésillant.

J'ai aperçu David. Je me suis frayé un chemin jusqu'à lui. J'aurais voulu fermer les yeux pour ne pas voir toute cette violence autour de moi. Un homme immense s'est affalé sur moi, a essayé de m'agripper, m'a ratée. Il est tombé. Il n'était pas brûlé mais j'ai vu un trou bien net de trois centimètres de diamètre qui traversait son casque. Il n'y avait qu'un fin filet de sang qui coulait sur son front trempé de sueur. Il s'est effondré la tête la première, raide mort. Il y avait un trou identique de l'autre côté de son casque, bordé de matière grise sanguinolente.

— April! a hurlé David.

— Regarde!

— Il est mort, a constaté sèchement David. Donne-moi ta torche.

Il me l'a prise des mains. J'ai essayé de faire le point de la situation avec du recul. Un trou dans le casque qui traverse toute la tête. Une balle? Quelqu'un avait donc une arme à feu? Qu'est-ce que ça pouvait être?

J'ai couru après David. Il fallait qu'il voie, qu'il comprenne. Il y avait un problème. Un gros problème. Mais le «général» était entouré d'une douzaine de Grecs qui, comme des gardes du corps, le protégeaient alors qu'il avançait parmi les Hetwan. Après avoir pris son élan, il a jeté la torche par-dessus le rebord du plateau.

Jalil est arrivé avec une nouvelle torche et David l'a lancée. Je suis retournée au camp en courant et j'ai croisé Christopher en chemin.

— Ça marche? a-t-il haleté.

— Je ne sais pas.

Combien de fois ai-je fait l'aller-retour? Combien de fois ai-je enroulé et attaché une bande de toile sur un piquet avant de la tremper dans l'huile, de la plonger dans le feu et de repartir en courant par le passage que les Grecs maintenaient désormais ouvert? J'avais perdu le compte, mais j'aurais dit une centaine de fois. Comme si j'avais passé toute ma vie à enflammer des torches et à les passer comme un flambeau.

J'avais les yeux à demi fermés, irrités par la fumée et par ma propre sueur qui dégoulinait. J'avais mis un morceau de tissu sur mon épaule pour essayer comme je pouvais de la protéger du frottement des piquets.

Malgré tous nos efforts, les Hetwan continuaient à avancer et les Grecs étaient forcés de reculer, en se battant à mort pour le moindre centimètre de terrain.

— Tu peux arrêter. On ne peut plus atteindre le bord du plateau, on ne peut plus lancer de torches, m'a informée David.

En revenant au campement, il s'était pratiquement effondré et avait vidé la cruche qu'un domestique lui tendait.

— Ça n'a pas fonctionné? ai-je demandé.

— Si, si, tous les escaliers des Hetwan sont en feu. Ils ne peuvent plus faire venir de troupes fraîches en renfort. Maintenant, il faut qu'on les arrête. On va les avoir!

— David, ils ont une sorte d'arme à feu. Un fusil ou quelque chose comme ça.

— Quoi?

— J'ai vu un type avec un trou dans la tête. Malgré son casque. Je n'ai jamais vu de trou de balle, mais je suis sûre que c'en était un.

— Moi, je les ai vus utiliser leurs super sarbacanes, pourquoi s'en serviraient-ils s'ils avaient des fusils ? a-t-il répliqué, incrédule. En plus, je n'ai pas entendu de coups de feu.

— Moi oui, a affirmé Jalil qui venait d'arriver, tout essoufflé, avec une autre torche. Je me suis demandé ce que c'était. Une sorte de détonation. Juste une.

David a eu un rire forcé.

— Espérons que vous vous trompez. S'ils ont des armes à feu, on est morts... Oh ! Bon sang !

J'ai suivi son regard vers la droite. En bas, vingt ou trente Hetwan avaient déplié leurs ailes et essayaient de rejoindre leurs forces affaiblies en volant.

— Archers ! a hurlé David de toutes ses forces. Archers sur la droite !

Une demi-douzaine de Grecs se sont précipités, en commençant à tirer des flèches de leurs carquois et à armer leurs arcs.

Ils ont tiré, des Hetwan sont tombés. C'était pour ça que les Hetwan ne s'étaient pas servis de leurs ailes pour atteindre les plateaux. Ils étaient trop gros, trop lents. Ils étaient des cibles faciles pour des archers entraînés.

Un guerrier qui devait être deux fois plus grand que David est arrivé en courant. Il était en sueur sous son armure. Il y avait du sang dans sa barbe noire.

— Nos hommes commencent à se fatiguer, Davidos.

J'ai noté le «Davidos» que Christopher avait proposé en plaisantant.

— Oui, je sais, Alceus. Et les Hetwan aussi en sont conscients, a répondu David. Tu peux faire sortir un tiers des hommes des rangs mais, d'abord, compte les blessés. Ceux qui peuvent marcher, même en boitant, tu me les amènes. D'accord? Un tiers des soldats, plus les blessés. Tu les réunis ici. Vite! Nous allons lancer une contre-attaque, par la gauche. On va les encercler et essayer de les bloquer. Allez, dépêche-toi!

Il lui a donné une tape sur l'épaule.

— Tu es leur chef, maintenant? s'est étonné Christopher. Comment ça se fait?

Il venait de nous rejoindre et il avait l'air aussi misérable que nous tous. Comme si tous les bienfaits de notre séjour au motel de l'Olympe s'étaient déjà évanouis.

— Je leur ai juste dit: «Athéna m'a confié la tête de l'armée», a répondu David, visiblement aussi surpris que nous qu'une simple déclaration de ce genre ait suffi. Il faut dire qu'ils n'avaient pas de chef, ça aide. Arès et Héraclès dirigeaient les opérations mais, comme vous le savez, Arès est parti en claquant la porte et Héraclès l'a suivi, j'imagine. En tout cas, je ne l'ai pas vu. Les soldats étaient livrés à eux-mêmes.

— Je croyais qu'ils étaient ennemis, ces deux-là, Arès et Héraclès, a remarqué Christopher. Enfin, dans la légende…

— Tu sais, j'ai l'impression que les alliances changent toutes les cinq minutes avec eux, a répliqué Jalil.

David a hoché la tête mais il ne les écoutait pas vraiment. Il surveillait le rassemblement de ses forces. Les hommes se repliaient vers l'arrière du plateau, titubant sur leurs jambes. Ils avaient tous l'air blessés. Leurs bras et leurs jambes nus étaient couverts de marques de brûlure. Mais les vrais blessés étaient dans un pire état encore. L'un d'eux venait de perdre son bras au niveau du coude. Le moignon était sommairement bandé et entouré d'une lanière de cuir. Le pansement était gorgé de sang. Il dégoulinait.

David a secoué la tête d'un air réprobateur, comme un professeur devant une classe indisciplinée.

— Ça ne va pas marcher, pas à long terme. Les Hetwan ne vont pas battre en retraite. Il faut les tuer. Un par un. Sinon, ça ne va pas aller. Pas comme ça. Christopher et Jalil, prenez d'autres torches.

— Ja wohl, mein General, a répliqué Christopher en essayant de claquer des talons.

J'ai mis quelques secondes à réaliser que David me mettait hors jeu sur ce coup-là.

— Je peux le faire aussi.

Il m'a pris le bras, doucement, avec une main pleine de sang.

— Écoute, April, on n'est pas en classe en train de débattre sur la place des femmes dans l'armée. C'est la guerre, la vraie.

Je me suis dégagée de son étreinte. J'étais en colère. Pas parce qu'il me proposait de me ménager. Mais plutôt parce que j'avais affreusement envie d'accepter. Franchement, jusqu'où comptais-je aller par féminisme, hein? J'en avais déjà fait assez. J'avais repoussé mes limites.

— Hé, j'ai tenu bon jusque-là. Je vais prendre une torche, ai-je décrété en espérant que mon ton furieux masquait ma peur.

— D'accord. Tu vois, ils n'aiment pas le feu. Ou peut-être que c'est la fumée qui les dérange. En tout cas, ça ne leur plaît pas.

— Génial, ai-je marmonné en filant me préparer une torche. Mais franchement, qui apprécierait recevoir une torche enflammée en pleine figure?

Le temps que je revienne, armée de mon flambeau, environ trois cents hommes s'étaient rassemblés en rangs serrés autour d'Alceus. Christopher et Jalil étaient en première ligne avec des torches de deux mètres de long comme la mienne. David s'adressait à ses troupes d'une voix aussi forte que possible.

— Ne vous arrêtez pas pour vous battre un contre un. Vous devez avancer, avancer, avancer. Nous voulons les surprendre, leur faire croire que nous arrivons en renfort, tout frais et dispos. Et surtout, nous voulons les prendre par l'arrière, les coincer entre nous et le reste de notre armée. C'est compris?

Je me suis frayé un chemin entre des hommes deux fois plus grands que moi pour me glisser entre Jalil et Christopher.

— Tu as entendu le discours du général Lee? m'a demandé Christopher.

— Ouais.

— Il a trouvé sa vocation, a-t-il commenté d'un ton mi-admiratif, mi-sarcastique. Au cas où tu n'aurais pas réussi à décoder son charabia, nous allons encercler l'ennemi.

David a dégainé son épée et l'a levée au-dessus de sa tête.

— À l'attaque!

Et je me suis retrouvée à courir. À courir comme une folle parce que, si je ralentissais, environ trois cents Grecs allaient me passer dessus.

Nous avons longé l'arrière de notre armée, jusqu'au bout du plateau. Et, brusquement, David a bifurqué pour traverser les rangs amoindris du front grec. J'ai hésité, craignant d'enfoncer ma torche enflammée dans le dos de nos propres hommes.

— Nom de nom, April! Ne ralentis pas! m'a hurlé David.

Certains Grecs ont été renversés et piétinés sur notre passage. D'autres nous ont rattrapés pour se joindre à nous.

Nous avons débouché en première ligne et, soudain, les Hetwan ont empli l'horizon. Je me suis mise à hurler. Pas de peur, non. Je hurlais de rage en courant avec la torche dans la main gauche et appuyée au creux de mon bras droit. Pas le temps de s'arrêter. Fonce! Fonce-leur dessus et tue-les, massacre-les!

Quelque chose avait pris le contrôle de mon cerveau. Mon cri dément avait effacé toute pensée. Comme une sirène dans ma tête. Un hurlement, c'était tout ce que mon esprit pouvait produire. J'étais galvanisée par un courant de dix mille volts. Je volais. La torche ne pesait plus rien dans mes mains. Je n'avais plus besoin de respirer. J'étais transfigurée.

Nous avons heurté les rangs des Hetwan sans ralentir. J'ai envoyé ma torche en feu à la tête de l'ennemi le plus proche. Je l'ai frappé, en plein dans la mâchoire. Il est tombé à la renverse, battant l'air de ses bras faibles.

J'avançais torche pointée, poussant de toutes mes forces en grognant, criant, hurlant. Les autres se bousculaient dans mon dos, me forçant à accélérer. Oui, fonce! Fonce!

J'ai frappé un autre Hetwan. Nous forcions le passage dans leurs rangs, comme des dents de fourche, pour les diviser et laisser les hommes qui venaient derrière les achever.

Le reste de nos gars avaient compris notre plan, et ils se sont mis à brailler, à hurler comme des fous pour nous encourager. Je criais aussi, je plantais ma torche enflammée dans la masse des Hetwan en hurlant.

J'ai senti une brûlure sur mon ventre. Le venin des Hetwan avait traversé ma robe et consumait ma chair, juste au-dessus du nombril. J'ai porté la main là où j'avais mal et, du coup, ma paume s'est mise à me brûler aussi.

J'ai retroussé ma robe pour étouffer le feu. La flamme s'est éteinte mais la douleur persistait. Et ça ne faisait que commencer.

Quelle impression étrange. Plus tard, je me suis dit que j'aurais aimé me rappeler cette émotion. Pouvoir la retrouver, la revivre. Ça m'aurait été utile en tant qu'actrice.

Mais sur le moment, je ne pensais pas à ça. Je ne pensais plus du tout. J'avais été emportée par la rage et la fureur, la rage de tuer m'avait fait oublier ma peur.

Cependant, maintenant, un sentiment terrible émergeait en moi. Comme un trou noir qui absorbait toutes les autres émotions. Je n'avais plus peur. Je n'avais plus mal. Je ne réfléchissais plus. J'étais une machine. Une machine commandée par un pouvoir enterré si profondément que les gens en avaient oublié l'existence.

J'ai menacé un Hetwan de ma torche. Il a lancé son venin. Il a raté son coup, mais pas moi. Je lui ai planté l'extrémité enflammée dans le ventre et je l'ai embroché en riant à gorge déployée. Puis je lui ai envoyé ma lance en feu dans la figure en hurlant :

— Meurs! Meurs, espèce de…

En entendant son étrange cri de Hetwan, j'ai senti une obscène vague de plaisir me submerger. «Oui, c'est ça, crie, sale bestiole!»

J'ai levé ma lance au-dessus de ma tête en lançant des borborygmes incohérents vers le ciel. Et je suis tombée du plateau.

CHAPITRE II

Je suis tombée, j'ai roulé dans les rochers, roulé dans la terre. Je suis passée à côté des échafaudages carbonisés de l'ennemi. J'ai vu tout ce que nous avions brûlé en lançant nos torches. Un paysage de cendres. Des cendres dans les airs, des cendres dans ma bouche.

Je filais vers les milliers de Hetwan qui attendaient, bloqués par la destruction de leur système d'escaliers.

En essayant de m'agripper au sol, je me suis arraché les ongles, égratigné tout le visage, mais j'ai ralenti. Je me suis arrêtée.

Pendant un long moment, je suis restée là, pétrifiée, haletante, étouffée par la fumée. Puis j'ai levé mes yeux larmoyants. Très haut au-dessus de moi, sur le plateau, je voyais les Hetwan et les Grecs se battre, les épées étinceler. Tellement haut. Et le bruit, tellement lointain tout à coup.

J'étais étendue entre deux escaliers en cendres. J'avais perdu ma torche. Je n'avais pas d'arme. Rien. Et la rage furieuse qui m'habitait m'avait quittée, elle s'était évaporée. Tout mon corps me faisait mal.

J'ai baissé la tête. Les Hetwan me regardaient avec leurs yeux d'insectes malfaisants, et leurs mandibules voraces ne cessaient de mastiquer, comme toujours. J'étais à égale distance des Hetwan d'en haut et de ceux d'en bas. Mais la raideur de la pente tenait ces derniers à distance, ils ne pouvaient pas grimper et j'étais hors de portée de leurs sarbacanes.

Je me suis efforcée de remonter, mais je n'arrêtais pas de glisser. J'ai planté mes espadrilles dans la terre sèche et j'ai essayé de trouver une prise. Quelque chose à quoi m'accrocher, avec mes mains en sang.

J'avais oublié que, si les Hetwan ne pouvaient pas grimper, ils pouvaient voler! Ils ont commencé à décoller, un escadron d'une dizaine environ. Ils battaient des ailes pour tenter de me rejoindre.

Oh, Seigneur, je ne pouvais pas m'enfuir! Oh, mon Dieu! Ils allaient me tuer comme j'avais tué les leurs!

— Au secours! ai-je hurlé. À l'aide, David!

Les Hetwan volaient lentement, mais ils ne devaient pas aller bien loin. Ils étaient arrivés à mon niveau et se rapprochaient pour m'achever. J'ai roulé sur le dos comme si j'espérais pouvoir les chasser en leur donnant des coups de pied. Mais tout ce que j'ai réussi à faire, c'est glisser trois mètres plus bas.

Oh, Seigneur, j'étais nez à nez avec eux. Ils étaient là, prêts à cracher les boulettes de feu qui allaient me carboniser, me brûler vive.

«Oh, mon Dieu, aidez-moi!»

Et soudain, une flèche est apparue dans le dos du Hetwan le plus proche. Oui, elle est apparue comme ça, entre ses deux ailes. Il est tombé. Il est tombé et s'est affalé par terre, juste en dessous de moi.

Je l'ai attrapé, j'ai agrippé ses bras faibles et ses ailes froissées et, dans un élan désespéré, je l'ai tiré sur moi. Pas une seconde à perdre.

Les Hetwan ont craché leur venin. Leurs boulettes ont touché le cadavre qui me servait de bouclier. Ça sentait le cochon grillé.

J'avais ses mandibules plaquées contre le visage. Elles bougeaient encore, lentement, sans force. Et moi, j'étais tapie derrière lui à répéter dans ma tête : «S'il vous plaît, sauvez-moi. Je veux vivre, je vous en prie.»

Les flèches volaient de tous côtés. Les Hetwan tombaient comme des mouches. Mais soudain, plus de flèches.

Plus de flèches, alors qu'il y avait encore quatre Hetwan qui se rapprochaient dangereusement.

Heureusement, les flèches sont réapparues. Celui qui tirait au-dessus de moi avait rechargé son carquois. Ou un nouvel archer avait pris la relève.

— April, reste là où tu es surtout, m'a hurlé David.

J'avais l'impression qu'il était à des millions de kilomètres.

J'ai tourné la tête et j'ai scruté le haut de la falaise. Trois archers grecs se tenaient au bord du plateau. Là-haut, la bataille avait pris fin. Maintenant, ils devaient se battre pour moi.

Les Hetwan savaient qu'ils ne pouvaient pas envoyer assez de renforts là-haut pour renverser la vapeur, du moins, pas pour le moment. Mais, comme ça ne les dérangeait pas de sacrifier les leurs, ils pouvaient par contre réussir à me tuer.

Un second escadron d'une dizaine d'extraterrestres a décollé. En bas, ils étaient hors de portée des flèches. Les archers ne pouvaient les atteindre que lorsqu'ils s'approchaient de moi.

J'ai baissé la tête. Il y avait encore tellement de Hetwan sur le premier plateau. Plus que les Grecs n'avaient de flèches. Combien de temps allais-je pouvoir survivre cachée sous ce cadavre?

Soudain, quelque chose a attiré mon attention. Enfin, un mouvement plutôt. C'était étrange, ça me rappelait... J'ai plissé les yeux. Oui, là-bas, dans les rangs des Hetwan, une créature se déplaçait différemment, avec des mouvements fluides, glissants.

C'était aussi un extraterrestre, mais pas un Hetwan. Une créature en forme de C, avec un long nez pointu surmonté d'yeux étrangement beaux, rouge foncé avec des iris bleu roi. Il avait quatre bras, deux forts et musclés et deux autres plus petits juste au-dessous des yeux.

Ce n'était pas un Hetwan. Non, c'était clair.

C'était un Coo-Hatch. Je ne voyais pas de petits qui voletaient dans les environs, comme des lucioles de la taille d'un pigeon. Mais il y avait au moins deux adultes. Des Coo-Hatch qui se battaient aux côtés des Hetwan. Ils portaient quelque chose. Un tube. Un tube de métal gris, plus large à un bout, ouvert et plus étroit à l'autre. Un tube creux de trois centimètres de diamètre.

Avec une longue tige fine, les Coo-Hatch ont poussé une boule de papier froissé dans le canon.

Puis ils y ont introduit une balle.

Une sorte de mousquet. Ils avaient une arme à feu. Et ils allaient l'utiliser pour me tuer.

Les Hetwan décollaient. Les Grecs leur décochaient des flèches. Les Hetwan s'écroulaient.

Et en bas, les Coo-Hatch ont tendu leur arme chargée à une équipe de quatre Hetwan qui, avec leurs bras faibles, pouvaient à peine la soulever. Ils l'ont installée tant bien que mal.

Un cinquième extraterrestre s'est agenouillé derrière le mousquet. J'ai vu ses yeux d'insecte se plisser pour viser. Une ligne droite du canon de l'arme jusqu'à moi.

Un sixième larron est entré en scène, avec une allumette enflammée.

C'était une question de secondes. Ils allaient tirer.

«Attends, April. Attends. Attends.»

Tous mes muscles bandés, durs comme de l'acier. J'attendais. L'allumette s'approchait lentement...

Et je me suis jetée sur la gauche, j'ai roulé de sous mon bouclier hetwan.

La détonation était étouffée. Normalement, ce genre d'arme faisait plus de bruit. La balle a atteint le cadavre en pleine poitrine. J'ai vu un nuage de poussière. Elle l'avait transpercé de part en part. Elle m'aurait traversée de part en part.

En bas, c'était le chaos. Le recul du mousquet avait tué au moins la moitié de l'équipe de mise à feu, mais les Coo-Hatch se sont approchés pour le recharger. Pendant ce temps, d'autres Hetwan décollaient toujours pour être abattus en plein vol.

C'était juste une question de temps. Je ne pouvais pas remonter. Ils allaient recharger le mousquet et tirer. Combien de fois pourrais-je leur échapper? Éviter les balles? C'était impossible.

— David, tire-moi de là! ai-je hurlé.

— Je crois que quelqu'un s'en charge, a-t-il répondu, l'air subjugué.

J'ai levé les yeux et je l'ai vue. Elle flottait dans les airs, immense, énorme, aussi grande que sa statue. Ce n'était pas une apparition fantomatique ni un prodige d'effets spéciaux, mais une immortelle en chair et en os, une créature réelle qui planait là-haut. Elle s'est baissée pour me prendre entre ses mains et m'a soulevée par la taille.

Si elle avait voulu, elle n'aurait fait que deux bouchées de moi. Son visage a empli mon champ de vision.

— Tu t'es bien battue, m'a félicitée Athéna.

— Merci, mais est-ce qu'on pourrait décamper, s'il vous plaît ?

CHAPITRE 12

Samedi. Dans le monde réel.

Après la bataille, quand Athéna est venue me chercher pour m'emporter loin du carnage, je suis rentrée à ce que nous considérions maintenant comme notre maison.

Jalil et Christopher aussi étaient revenus, mais David était resté là-bas. Maintenant, c'était Davidos. Le général David. Il fallait qu'il prépare les Grecs pour la prochaine bataille.

Il m'avait également confié une mission. Trouver pourquoi les dieux n'intervenaient pas directement dans les combats. Mais je n'étais pas en état de jouer les détectives. Je ne me sentais pas bien.

Je me suis glissée dans mon lit, qui venait d'être fait, bien évidemment. Et je suis restée le regard dans le vide quelque temps. Je ne ressentais rien. Pas encore. Mais j'avais l'impression que tout au fond de moi se tramait quelque chose. Quelque chose d'énorme. Une vague qui tôt ou tard allait me submerger, me balayer, m'emporter.

Au bout d'un moment, je me suis endormie. Normalement, quand on dort, on oublie tout. Mais moi, j'ai traversé la frontière des deux univers et j'ai rejoint l'autre April, la vraie, celle du monde réel.

J'étais à l'église. Pas à la messe, juste assise sur un banc à attendre mon tour pour entrer dans le confessionnal. Il y avait une femme devant moi – Rebecca Burnside –, qui avait les cheveux châtains, et une robe austère qui ne lui allait pas du tout. Elle s'était retournée pour me parler.

J'ai perdu le fil de ce qu'elle me disait quand le flash spécial d'information m'a ramené à l'esprit des images que j'aurais préféré oublier. Des hommes qui hurlaient. Des épées. Des torches fumantes. Des Hetwan à l'agonie.

Je me voyais, comme si je me tenais un peu à l'écart de la scène. Je me voyais déchaînée, une folle furieuse emportée par la rage de tuer, avec une robe en lambeaux et des espadrilles pleines de boue.

Je n'étais pas encore au courant. D'après les dernières nouvelles que j'avais reçues d'Utopia, j'avais eu droit à un fastueux banquet et je m'étais endormie dans un lit moelleux. Mais depuis, l'autre April, celle d'Utopia, avait rencontré Zeus, Apollon, Arès, Héra, Héraclès, Artémis et Athéna.

Elle était montée sur un cheval ailé. Elle s'était jetée dans une bataille désespérée pour sauver... Pour sauver quoi? Les dieux de l'Olympe? Ces idiots égoïstes et bornés?

Ou pour venger Ganymède? Pour arrêter Ka Anor et l'empêcher d'atteindre son but? Pourquoi? Pourquoi m'étais-je battue? Pourquoi m'étais-je jetée à corps perdu dans la bataille?

— Tu ne crois pas? m'a demandé Rebecca. Enfin, peut-être que, pour toi, c'est différent.

J'ai froncé les sourcils pour essayer de me souvenir... De quoi parlions-nous? C'était quoi, la question? Que pouvait bien être le misérable sujet de cette conversation?

La vraie question, c'était: qui était cette fille armée d'une torche, cette fille complètement déchaînée? Qui était donc cette April?

— Oui, ai-je répondu au hasard. Je pense que vous avez raison.

Rebecca a hoché la tête. Elle passait beaucoup de temps à l'église. Elle faisait partie d'une demi-douzaine d'associations paroissiales et elle s'occupait du chœur. Elle ne chantait pas – elle n'avait pas assez de voix – mais elle les aidait, par exemple en commandant de nouvelles tenues ou en faisant passer les partitions.

Je savais qu'elle se confessait trois fois par semaine. Mais par contre, je n'avais aucune idée de ce qu'elle pouvait bien confesser. Autant que je sache, elle passait toute sa vie entre l'église et son travail dans une compagnie d'assurances.

Bon sang, de quoi étions-nous en train de parler?

— Parce que, tu vois, pour moi, le collège, c'était une période magique. Je n'ai jamais eu de meilleurs amis qu'à cette époque-là.

Ah. C'était donc ça notre fameux sujet de conversation. Bien sûr. Je n'étais déjà pas très concentrée et le flash d'information avait achevé de me distraire.

«Ce n'est pas une vie, franchement!», me suis-je dit rageusement en essayant de me concentrer sur cette pauvre Rebecca. J'étais censée jouer simultanément dans deux films différents. Je ne vois pas comment je pouvais y arriver!

L'autre April, c'était Sigourney Weaver dans Alien. Et moi, je jouais dans quoi? Dans Pleasantville? Dans une vie en noir et blanc sans le moindre éclat de couleur?

Non, il ne fallait pas dire ça. C'était ma vraie vie. Là-bas, ce n'était qu'un cauchemar.

— Vous voyez toujours vos amis de collège? ai-je demandé en m'efforçant d'être polie, de me concentrer sur la conversation.

— Oui, quelques-uns. Ici, par exemple. Je revois les filles du bon vieux temps.

— Mais vous vous fréquentez? Vous vous invitez les uns les autres et… je ne sais pas? Vous faites des choses ensemble? Vous allez au cinéma? Au restaurant?

Son visage s'est décomposé. Et j'ai immédiatement regretté ma question. J'avais parlé sans

112

réfléchir et je l'avais blessée. J'avais l'esprit ailleurs. Pourtant, j'avais vraiment envie de connaître la réponse.

— Disons qu'on se croise. Ici, à l'église. Oh, pas plus tard qu'hier, j'ai vu ma meilleure amie Ellen au supermarché, au rayon des fromages. Mais vous savez, ils ont tous leur vie, leur travail, leur famille.

Je me suis rendu compte que je la dévisageais. Une légère rougeur avait envahi son cou. Je ne voulais surtout pas la mettre mal à l'aise mais, tout à coup, ce qu'elle disait me semblait d'une importance capitale. Pourquoi vantait-elle les mérites du bon vieux temps au collège, pourquoi ressassait-elle ces grandes histoires d'amitié alors que, visiblement, ces relations s'étaient évaporées dès que les résultats de l'examen final avaient été annoncés?

C'était à mon tour de parler. Rebecca a jeté un regard vers le rideau miteux du vieux confessionnal en noyer sculpté.

— J'ai beaucoup d'amis, ai-je répondu sans rien trouver de mieux. Au collège, je veux dire. J'ai des tas d'amis.

— Tu fais partie du club de théâtre? m'a-t-elle demandé alors qu'elle était au courant de tous les potins.

— Oui. Je sais… je sais que ça peut paraître vraiment débile de dire qu'on veut devenir acteur quand on est encore au collège. Mais c'est quand même ce que je veux faire.

Elle a hoché la tête. Ses yeux sont devenus complètement opaques. Elle avait mis un mur entre nous. Pour se protéger.

J'avais envie de lui demander pourquoi elle avait perdu tous ses amis. J'avais envie de savoir si c'était parce qu'elle avait fait quelque chose ou à cause de ce qu'elle était devenue, ou si c'était inévitable.

Je voulais lui demander si c'était son rêve de jeunesse de devenir secrétaire dans une compagnie d'assurances, et ce qu'elle pouvait bien confesser trois fois par semaine.

— Ah, c'est à toi, a-t-elle annoncé avec un sourire de soulagement en désignant l'isoloir du menton.

— Vous pouvez passer en premier si…

— Oh, non, non, je ne suis pas pressée.

Et elle m'a lancé un regard noir comme si je l'avais accusée de quelque chose.

— Merci.

J'ai traversé l'église en me faufilant entre les bancs.

Je me suis assise dans le petit confessionnal silencieux et j'ai tiré le rideau.

J'apercevais le père Mike à travers la grille. Il a vite tiré quelques bouffées sur une cigarette en avalant la fumée.

Puis il l'a écrasée à contrecœur dans un cendrier qui était hors de ma vue.

— Désolé, a-t-il murmuré. J'ai un timbre mais tu vois comme c'est efficace !

— Ego te absolvo.

Ça veut dire «Je t'absous» en latin.

— Tu me voles mon texte, il me semble, a-t-il répliqué sèchement.

J'ai débité l'habituelle liste de péchés véniels : deux ou trois mensonges, une dispute où j'avais manqué de respect envers mes parents ; un petit incident où, sans le faire exprès, j'avais triché. Innocemment et accidentellement, j'avais aperçu la réponse de mon voisin qui n'était pas la même que celle que je pensais donner et, du coup, je m'en étais inspirée.

— Tu avais l'intention de tricher ?

— Non, mais j'ai quand même copié…

— C'était la bonne réponse ?

— En fait, non.

— Alors je pense que l'affaire s'est réglée d'elle-même. Continue.

J'ai hésité. J'avais confessé tous les péchés que j'avais commis ici, dans le monde réel. Mais l'autre April ? Celle d'Utopia ?

— Je voudrais vous poser une question, c'est juste une supposition.

— Oui ?

Peut-être que ça l'intéressait plus que ma liste de péchés sans intérêt.

— C'est, euh… c'est à propos d'une nouvelle que j'ai lue. Vous avez le temps ?

— Oui, oui, vas-y.

— D'accord. C'est l'histoire de quelqu'un, enfin d'un personnage qui est une sorte de…

une sorte de Dr Jekyll et Mr Hyde. Il est coupé en deux, vous voyez. Son bon côté va à l'église confesser tous ses péchés. Lui, enfin sa vraie personnalité, pas l'autre.

J'ai soupiré. Ouais, c'était plus ou moins crédible.

— Donc le Dr Jekyll confesse les péchés du Dr Jekyll. Mais le problème, c'est qu'il y a aussi Mr Hyde. Il fait partie de lui, comme un double qui vivrait dans un univers parallèle. Alors, est-ce que le Dr Jekyll doit aussi confesser les péchés de Mr Hyde ? Et s'il ne le fait pas, peut-il quand même communier ?

— C'est ça, ta question ?

— Oui, supposons que ça arrive à un de vos paroissiens…

— Mmm, je ne sais pas. Le problème, c'est de savoir si Jekyll et Hyde sont vraiment une seule et même personne ou deux êtres distincts. Si Hyde est un individu à part entière, comment Jekyll pourrait-il se confesser pour lui ? Mais si Hyde est vraiment Jekyll, alors Jekyll doit confesser les péchés commis par Hyde. C'est compliqué ! Si tu veux une réponse plus complète, tu vas devoir t'adresser à l'évêque. Ou au département de théologie de l'université.

— Merci, mon père.

— Bon, rien d'autre ?

— Si, j'ai encore autre chose à confesser : j'ai menti.

— Mais tu m'en as déjà parlé.

— Oui, mais il se peut que j'aie de nouveau péché depuis.

CHAPITRE 13

J'ai retrouvé Magda et Alison dans notre librairie préférée. Elle est dans un centre commercial en plein air, comme une galerie marchande normale, mais sans toit au-dessus des allées.

Comme le temps était gris et pluvieux, il n'y avait pas trop de monde pour un samedi.

Nous avions une mission : profiter des soldes pour m'acheter un pull et choisir des chaussures pour Alison.

Nous courions de boutique en boutique en essayant de nous faufiler entre les gouttes. Il fallait se faire une raison : l'automne était bel et bien là et le terrible hiver de Chicago nous guettait déjà.

L'April d'Utopia dormait. Je crois. Je ne pouvais jamais en être sûre. J'avais parfois vaguement l'impression de sentir quand elle se réveillait et quand « je » retournais là-bas mais, en fait, que l'April d'Utopia dorme ou pas, moi, je resterais ici. Je continuerais à faire mes courses avec mes amies. Je continuerais à constater tristement que, dans les bacs à fleurs, il n'y avait que de la terre détrempée, que le soleil était de plus en plus bas, que l'été était fini, fini, fini et que l'automne allait passer trop vite.

— Tu m'as l'air bien guillerette aujourd'hui, April. Une vraie Madame Bonheur, a remarqué Magda alors que nous traînions derrière Alison entre les rayons de chaussures. Tu crois qu'elles m'iraient, celles-là?

— C'est une blague?

— Pour les chaussures, non. Mais à propos de ton humeur, oui.

— Mais je suis de bonne humeur.

— Non, tu as l'air morose, sinistre, tracassée.

— Sympathique. Non, franchement, il y a encore des gens qui portent des talons pareils?

— Bien sûr, des filles de vingt-deux ans mariées à de vieux riches et qui veulent briller de tous leurs feux dans les soirées mondaines.

J'ai éclaté de rire. Magda adore jouer la provocatrice. Elle avait parlé assez fort pour être entendue par une fille d'une vingtaine d'années qui paradait dans tout le magasin avec son flamboyant manteau de fourrure.

Magda et Alison font partie du club de théâtre. Alison est une grande blonde si mince qu'on dirait qu'elle a réchappé d'une crise d'anorexie. Elle pourrait faire la couverture des magazines avec ses grands yeux bruns mouillés comme si elle venait de pleurer ou qu'elle allait fondre en larmes.

Mais elle ne pourra jamais jouer un rôle comique. C'est ce que je me dis quand je crève de jalousie en la voyant engloutir bretzels, hot dogs, beignets et pizzas sans prendre un gramme.

— Très discret, ai-je murmuré alors que nous croisions mademoiselle Manteau de vison.

— Je trouve aussi. Alors pourquoi tu nous fais ton numéro à la Dostoïevski aujourd'hui ? Allez, raconte.

Magda pourrait se glisser dans la peau de n'importe quel personnage, je crois. À ce moment précis, elle jouait un rôle, comme toujours depuis que je la connaissais. Elle jouait la fille blasée, cynique et superficielle. Et comme exemple de truc déprimant, elle citait Dostoïevski. Mais ça ne sonnait jamais faux. C'était ça, son talent : elle pouvait jouer un rôle avec vous tout en restant parfaitement authentique.

Pendant ce temps, Alison avait harponné un vendeur et lui montrait les trois modèles qu'elle voulait essayer. Mais, tout à coup, elle a repéré quelqu'un qu'elle connaissait, un garçon. Et, après nous avoir lancé un regard genre « je reviens dans cinq minutes », elle a foncé sur lui, tout sourire, en passant la main dans ses cheveux.

— C'est qui, ce type ? Tu le connais ? ai-je demandé.

— Mmm, non. Ce n'est pas mon genre. Alison adore les gars qui ne font pas vraiment « gars », non ? Celui-là, il ressemble à Jésus.

— Magda, tu ne sais même pas à quoi ressemble Jésus.

— Bien sûr que si. On dirait le type qui joue dans cette série débile… Il s'appelle comment déjà ? Mais n'essaie pas de changer de sujet. Alors c'est quoi, la question existentielle qui te tracasse ?

J'ai soupiré.

— Aujourd'hui, j'ai rencontré une femme qui était malheureuse parce qu'elle avait perdu tous ses amis de collège. Ou peut-être que, en fait, elle a perdu ses amis parce qu'elle était malheureuse…

— Waouh ! Ça, ça ferait un bon sujet de philo ! Tiens, tu les trouves comment, celles-là ?

Elle me montrait une paire de bottines.

— Pour toi, pour moi ou pour la fille qu'on a croisée tout à l'heure ?

Elle les a reposées.

— Où as-tu croisé cette pauvre femme sans amis ?

— À l'église, en attendant pour le confessionnal.

— Oh là là ! Je parie que les prêtres sont impatients d'entendre ta confession chaque semaine. Ils doivent se dire : « Bon sang ! Il ne se passe vraiment rien dans la vie de cette fille ! » Ça y est, tu t'es enfin décidée à avouer tes pensées impures à propos de George Clooney ? Où c'était juste le récit habituel de ta vie sans tache ?

— Arrête, Magda. Je n'ai pas envie de recommencer sur ce sujet.

Elle a ri.

— Bon, voyons, ce qui te fait peur, c'est de t'attacher à tes amis, alors que, si ça se trouve, quand on aura fini le collège, ils disparaîtront tous comme par enchantement. Envolés, pfuit! Dans un an et demi, plus d'amis!

— Ouais, c'est ça. Et puis, c'est l'automne, le ciel est gris et bientôt, il va faire moins dix, le vent soufflera à cinquante kilomètres-heure et il y aura des gros tas de neige sale partout. J'aurai les pieds gelés et la peau toute gercée!

— Mais pense que c'est bientôt l'Action de grâces. Et Noël. Et puis, il y a des tas de gens qui restent en contact avec leurs amis de collège. C'est là que ma mère a connu sa meilleure amie, tiens.

— Ouais, de toute façon, c'est idiot de s'inquiéter pour ça, ai-je répondu. Bon, allez, assez ruminé.

J'ai remonté les coins de ma bouche avec deux doigts pour me forcer à sourire.

Alison est revenue en demandant où était passé le vendeur.

— Peut-être que ça l'a dégoûté de te voir baver sur ce type comme ça, a suggéré Magda.

— Mais il était mignon, non?

— Ah, ça oui! Si on aime les hommes qui ont plein de poils dans les oreilles.

— Je ne parle pas du vendeur, a répliqué Alison. C'est pas vrai, ce que tu peux être jalouse quand un garçon ne s'intéresse pas à toi.

— Oh, je t'assure qu'il m'a regardée.

— Non, il ne t'a même pas remarquée. Pas vrai, April?

— Si, si, j'ai sorti le grand jeu, a expliqué Magda en mettant en avant son décolleté plongeant. Et je te jure qu'il m'a regardée.

Alison a rigolé, et ses grands yeux tristes se sont plissés. Ça transformait complètement son visage. Peut-être qu'elle pourrait jouer des rôles comiques finalement.

J'ai senti une vague de… de quoi? J'étais partagée entre plusieurs sentiments. Une sorte de tristesse, comme lorsqu'on est heureux mais qu'on sait que ça ne va pas durer. J'étais un peu mélancolique, en fait. Complètement idiot. Tout ça à cause d'une pauvre bonne femme solitaire? Mais ce n'était pas moi. Je ne deviendrais pas comme ça.

«Voilà un bon but dans la vie, me suis-je dit sarcastiquement. Ne pas devenir comme Rebecca Burnside. Waouh! Quelle ambition!»

Nous sommes ressorties sous une pluie fine et drue, serrées les unes contre les autres pour braver le froid. Nous courions de magasin en magasin en riant et en papotant.

C'était ma vie. C'était ça, que j'avais peur de perdre. Cette complicité. C'était toute ma vie.

Mais, entre deux remarques acides de Magda sur les gens que nous croisions, je me suis prise à penser: «Je me demande ce qui se passe là-bas?»

Je m'inquiétais de ce qui était en train de m'arriver dans l'autre monde.

CHAPÎTRE 14

— Debout. Allez, réveille-toi.

J'ai ouvert les yeux. C'était David qui me secouait.

— Tu as l'air aussi frais qu'un bac de litière à chats, et pas propre encore, ai-je constaté en clignant des yeux.

Il avait besoin de se raser, ce qui ne changeait pas beaucoup, sauf que, la dernière fois que je l'avais vu, il était rasé de près.

Combien de temps s'était écoulé depuis ? Il était sale, en sueur. Il ne portait plus de toge, mais ses vêtements à lui.

— Qu'est-ce qui se passe ?

— Ce qui se passe ? Mes hommes sillonnent le coin pour recruter tous ceux qui peuvent marcher. Il y avait des milliers de réfugiés qui se cachaient dans des grottes à l'arrière de la montagne, assis à ne rien faire. Sans compter les villageois du flanc sud. Eh bien, maintenant, ils sont dans l'armée. Et mon copain Héphaïstos et moi, on mijote quelque chose.

Je l'ai regardé attentivement. Il avait l'air épuisé, oui. Mais aussi exalté. Une lueur fanatique brillait dans ses yeux rouges et fatigués.

Tout le temps que j'avais passé à dormir, il était resté éveillé.

— C'est bon, je suis d'attaque. Je vais t'aider. Désolée, je tombais de sommeil.

— Pas de problème, j'ai la situation bien en main. Et je crois que j'ai trouvé des gars de confiance pour s'occuper des détails. Bien sûr, pas un coup de main de la part des dieux, mis à part Héphaïstos. Les autres ne veulent pas recevoir d'ordres d'un mortel.

Je suis sortie de mon lit bien douillet. Je portais encore ma robe en lambeaux. Avec plein de taches sur le devant. Certaines rouge sombre, d'autres d'un vert si foncé qu'il en était presque noir.

Du sang. Hetwan et humain.

— Où sont Christopher et David?

— En train de s'habiller. En fait, il y a d'autres trucs que les toges : on peut aussi porter des espèces de jambières qui s'attachent je ne sais comment. Et puis, ils ont lavé nos vêtements. Ça ne dérange peut-être pas les Grecs de se battre en minijupe mais, moi, ce n'est vraiment pas mon truc.

Deux domestiques sont arrivés. L'un portait un immense plateau chargé de victuailles et l'autre, des vêtements propres, secs et bien pliés.

— Les Hetwan veulent négocier. On fait la trêve en attendant l'arrivée de leurs porte-parole. Ils ne peuvent pas voler aussi haut, alors on va les conduire jusqu'ici, les yeux bandés. Je ne veux pas que ces bâtards voient ce que nous préparons.

Il parlait plus pour lui-même que pour moi. Il débitait son discours à cent kilomètres-heure. Dopé à l'adrénaline. Branché sur cent mille volts.

— Allez, on y va, a-t-il décrété.

— Tu ne voudrais pas te retourner, le temps que je me change ?

— Oh. Oui, d'accord.

J'ai quitté mes haillons sanguinolents et, avec l'aide d'une servante, je me suis habillée. J'avais plus le style Artémis, maintenant, avec les jambes couvertes et un décolleté très sage. J'avais pu remettre mes sous-vêtements à moi, tout propres. Un luxe mais, pourtant, j'avais du mal à chasser de mon esprit cette tournée des magasins avec Alison et Magda : toutes ces jolies tenues propres et nettes, neuves, normales.

— OK, on peut y aller, ai-je annoncé.

J'ai jeté un dernier regard au tas de guenilles que j'avais abandonnées sur le sol, en essayant d'oublier d'où provenaient ces taches. Et en m'efforçant de ne pas culpabiliser de me sentir tellement fière de m'être battue et d'avoir survécu.

Cette fois, la longue marche jusqu'au palais de Zeus nous a été épargnée. Pégase, Pélias et les autres nous attendaient. Christopher et Jalil étaient déjà à cheval.

— Bonjour, Pélias! ai-je lancé.

Nous nous sommes installés sur nos montures, avec un peu moins de mal cette fois.

Et les chevaux sont partis au galop, ils ont décollé et nous sommes arrivés au temple en quelques minutes. Ils sont descendus en cercle pour se poser sur l'estrade des dieux.

Cette fois-ci, les immortels étaient moins nombreux. Il y avait juste Artémis, Apollon, Athéna, Héra, Dionysos, Hermès et un dieu étrange que je n'avais pas remarqué avant. Le haut de son corps était gigantesque, il avait des bras comme des piliers de pont, un torse taillé dans le béton mais ses jambes étaient minuscules, toutes ratatinées. C'était presque des jambes d'enfant, qui ne pouvaient vraisemblablement pas supporter une telle carrure. Il avait le visage tanné comme s'il passait sa vie en plein soleil. Quand il m'a regardée, j'ai vu une flamme, oui vraiment, brûler à la place de ses iris.

— Je vous présente Héph, a dit David. Héphaïstos, le dieu du feu ou je ne sais quoi. Athéna et lui sont les seuls dieux qui nous donnent un coup de main. Héphaïstos s'occupe des armes. Lui et ses hommes fabriquent des épées et des boucliers pour les nouvelles recrues. Il est cool. Pourtant c'est un handicapé, il boite.

— On ne devrait pas plutôt dire qu'il est «différent»? a chuchoté Christopher d'un ton moqueur.

— C'est Héph lui-même qui dit qu'il est boiteux, a répliqué David. Mais c'est le seul de tous les immortels qui bosse vraiment et qui ne passe pas son temps à boire, à rouspéter et à courir les filles.

— Ah, voilà : tu viens de décrire exactement ce que je voudrais faire dans la vie, a soupiré Christopher. J'aurais dû accepter. Immortel, c'est le job qu'il me faut!

Visiblement, pendant que je dormais, le respect que David était censé témoigner aux dieux en avait pris un coup. La familiarité engendrait le mépris.

Zeus n'était pas en aigle pour le moment. Ni en vieil homme sage. C'était un taureau monstrueux. Pour vous donner une idée, on aurait pu tendre une corde à linge entre ses cornes.

— Pourquoi il a pris cette forme? a demandé Christopher.

— Ce doit être sa tenue d'apparat pour accueillir les visiteurs, a suggéré Jalil. Il révèle sa puissance petit à petit pour nous brûler vifs à sa vue. BAU.

Bienvenue à Utopia.

Les chevaux ailés sont repartis aussitôt après nous avoir déposés. Artémis m'a lancé un drôle de regard. J'ai l'impression que ça l'embêtait que je sois habillée comme elle. Deux nymphes lui servaient du raisin et des petits gâteaux en forme de cerfs.

Deux domestiques sont arrivés, suivis de quatre hommes costauds en armure. Ils encadraient deux Hetwan aux yeux bandés.

Je ressentais une haine viscérale pour ces ennemis extraterrestres. Ça se comprenait. Ils avaient essayé de me tuer à plusieurs reprises. Et le souvenir de Ganymède était encore vif dans ma mémoire.

— Otez-leur leurs bandeaux, a ordonné Athéna.

La déesse de la sagesse et de la guerre s'est installée entre Zeus et les Hetwan. Les extraterrestres attendaient tranquillement, ne montrant aucun signe de peur ou d'inquiétude.

Les bandeaux sont tombés. Les Hetwan n'ont pas cligné leurs grands yeux de libellule.

— Délivrez votre message, Hetwan. Faites vite car, si vous abusez de notre patience, nous pourrions vous jeter du haut de cette montagne, a déclaré Athéna du ton hautain d'une femme que rien n'effraie.

— Vous pouvez nous tuer, si tel est votre souhait, a chuchoté un des Hetwan de sa voix musicale. Ma vie importe peu. Je sers Ka Anor.

— Dites ce que vous avez à dire, a répété Athéna, abandonnant du même coup les menaces et les formules sentencieuses.

— Je suis le porte-parole de Ka Anor auprès des dieux de l'Olympe. Ka Anor a dit : « Nous pouvons conclure un traité de paix sous certaines conditions. »

Zeus s'est à nouveau transformé, le taureau laissait petit à petit place à Sean Connery. Il fixait le Hetwan en secouant ses cornes immenses, plein d'espoir.

Athéna était plus fine stratège.

— Sous quelles conditions ?

— Zeus gardera la jouissance de l'Olympe et sera en sécurité dans son enceinte. Il pourra garder auprès de lui cinq dieux pour lui tenir compagnie. Tous les autres dieux de l'Olympe et ceux résidant dans les environs seront cédés à Ka Anor.

Le Hetwan s'est tu.

Athéna a voulu prendre la parole mais Zeus ne lui en a pas laissé le temps.

— Qu'offre Ka Anor en garantie ?

— Pour prouver sa sincérité, Ka Anor exécutera cinq mille Hetwan.

J'avais envie de rire. C'était absurde. C'était monstrueux. Ka Anor demandait aux dieux de l'Olympe de se rendre en masse ? Il demandait à Zeus de trahir ses propres enfants pour assurer sa survie ?

— Cinq mille morts ? C'est un témoignage de bonne foi. Mais cinq compagnons ? a répété Zeus, sceptique. C'est vraiment trop peu. Ka Anor en demande trop. Comment pourrais-je vendre mes propres enfants ? Et puis, je vais me sentir seul, ici, moi ! Cinq compagnons ? Non, ce n'est pas assez.

Il était en train de marchander!

J'ai vu les yeux noirs d'Athéna brûler d'un éclat meurtrier, mais j'y ai aussi lu la défaite. Elle savait que ce stratagème transparent allait fonctionner. Elle savait au fond d'elle-même que Zeus n'hésiterait pas à vendre les siens.

Les autres dieux s'agitaient nerveusement. Ils se regardaient. Eux aussi calculaient leurs chances. Ils ne s'attendaient pas à ce que Zeus envoie les Hetwan se faire voir ailleurs. Ils cherchaient déjà comment gagner ses faveurs et obtenir la place de favori.

— Zeus voudra sûrement choisir ses cinq compagnons parmi les douze principaux dieux, a commencé Apollon. Et ceux qui se sont enfuis ou qui sont partis bouder dans leur temple, comme Arès, en seront probablement exclus.

C'était dingue. Ça peut sembler horrible, mais j'avais affreusement envie de rire. Les Hetwan avaient compris à quel point les immortels étaient faibles, trop gâtés. Ka Anor avait, avec un mépris absolu, réussi à diviser ses ennemis. Les dieux allaient se battre pour savoir qui serait parmi les cinq élus.

— C'est un piège, a sifflé Athéna. Vous ne voyez pas que c'est un piège, ô mon père? Ka Anor espère nous diviser. Il finira par vous couper les deux bras et vous ne pourrez même plus demander grâce.

— Tu as peur, Athéna? Tu as peur de ne pas te retrouver parmi mes cinq favoris?

Ils étaient complètement fous. Il fallait être sacrément dérangé pour tomber dans un piège aussi simple.

— C'est le cheval de Troie, m'a glissé Jalil.

Je comprenais ce qu'il voulait dire. En arrivant à Utopia, nous avions découvert que ses habitants étaient vraiment crédules. Ils avaient tendance à croire n'importe quoi de prime abord et à ne se poser des questions que dans un second temps. Oui, le cheval de Troie. Ulysse avait caché les Grecs à l'intérieur d'un cheval de bois creux que les Troyens, avec une naïveté déconcertante, avaient laissé entrer dans l'enceinte de leur cité. Pendant la nuit, les Grecs étaient sortis de leur cachette, avaient ouvert les portes de la ville et leur armée avait pu venir massacrer les Troyens.

Les dieux de l'Olympe étaient capricieux, égoïstes, cruels... et crédules. On aurait dit des gamins de quatre ans assis sur les genoux du père Noël.

J'ai entendu grommeler tout bas. C'était David. Il n'a pas tardé à exploser.

— Mais ouvrez les yeux, bon sang! Enfin, ce n'est pas possible d'être aussi stupide!

Il s'en prenait à Zeus. Il insultait l'un des plus grands dieux d'Utopia.

— Vous croyez qu'ils viendraient marchander s'ils pouvaient nous battre? Ka Anor s'inquiète. Il veut sacrifier cinq mille Hetwan. La belle affaire! Nous en aurons tué bien plus avant qu'ils réussissent à gravir cette montagne et Ka Anor le sait très bien!

J'ai serré les dents, en prévision de l'avalanche d'éclairs qui allait suivre.

Mais Jalil s'est avancé pour détourner l'attention de Zeus.

— Ô puissant Zeus, vous n'avez aucune raison de faire confiance à Ka Anor. Ne vient-il pas de violer l'accord qui vous liait?

— Silence, mortels, a tonné le Grand Zeus alors que la foudre apparaissait dans sa main. Cela ne vous concerne pas. C'est aux dieux de prendre cette décision.

— Allez-y, foudroyez-moi, a crié David en traversant l'estrade avec de grands gestes exaspérés. Mais avant que vous ne me réduisiez en cendres, je vais vous dire quelque chose. Vous êtes en train de vous faire avoir. Ka Anor va tuer et dévorer jusqu'au dernier dieu d'Utopia. Le marché qu'il vous propose est un tissu de mensonges. Il se sert de vous pour faire la sale besogne. Il vous gardera en vie jusqu'à ce que vous lui ayez donné tous vos enfants, tous vos soi-disant compagnons, puis ce sera vous qu'il mangera.

Ce petit discours a failli ébranler Zeus. Failli seulement. Il s'est tourné vers le porte-parole des Hetwan.

— C'est vrai? Ka Anor a l'intention de me trahir?

— Non, mais il n'est pas sérieux! a murmuré Christopher, écœuré.

L'ambassadeur hetwan a répondu solennelle-
ment :

— Ka Anor tiendra sa parole.

Puis son acolyte a ouvert la bouche pour la
première fois. Mais ce n'est pas la voix douce et
flûtée d'un Hetwan qui en est sortie. C'était une
voix de fille, qui m'a fait sursauter.

Je l'ai regardé, j'ai fermé les yeux, je l'ai
regardé à nouveau. Le Hetwan se transformait.

— Ka Anor pense que vous n'êtes qu'un
imbécile, Grand Zeus. Ce mortel a parfaitement
raison : il finira par vous dévorer. Et d'ici peu de
temps.

Les dieux écarquillaient les yeux. Comme
nous.

Je connaissais cette voix. David aussi. Il
s'était figé sur place, toute sa rage brutalement
retombée.

Christopher et Jalil ont mis un moment à
comprendre et, l'instant qu'ils réagissent, le
« Hetwan » avait disparu, remplacé par une
superbe fille blonde aux lèvres pulpeuses et au
regard de glace.

Senna.

Chapitre 15

Le vrai Hetwan a sursauté, médusé. Je ne pensais pas qu'un Hetwan pouvait éprouver une telle surprise.

— Senna, a fait David en sanglotant presque.

Elle lui a souri.

— Général David. Je te l'avais bien dit. Je te l'avais prédit. Le grand jour est arrivé. Te voilà enfin à la tête d'une armée.

— Ouais, a-t-il soufflé.

J'avais l'impression qu'il rétrécissait à vue d'œil. Un bonhomme de cire dans un four.

Davidos n'était à nouveau plus qu'un adolescent blessé.

— Qui est-ce? a demandé Zeus prudemment. Qui est cette femme d'apparence mortelle qui peut se transformer comme un dieu?

— La sorcière, bien sûr, a répondu Athéna.

Elle était intriguée, mais pas du tout impressionnée. Comme si une sorcière, bien que devant être traitée avec respect, ne présentait pas de réelle menace.

— Ainsi vous vous êtes cachée dans les rangs des Hetwan, sorcière?

— Je m'appelle Senna Wales.

— Et moi, Athéna, sorcière. Ne m'agacez pas.

Senna a encaissé, mais elle était vexée.

À part moi, personne ne pouvait le remarquer. Mais j'ai senti qu'elle venait de réaliser qu'Athéna jouait dans la catégorie au-dessus.

— Oui, Athéna. Je me suis cachée parmi les Hetwan. J'essayais de rejoindre mes amis ici présents.

Elle nous a désignés d'un geste circulaire.

Christopher a haussé les épaules. Senna a serré les dents. Sa mâchoire s'est crispée nerveusement. Elle avait perdu son calme habituel. Elle avait dû passer un sale moment chez les Hetwan.

— Je voulais rattraper mes amis, mais ils changeaient trop souvent d'endroit. Quand ils ont rencontré Dionysos et Ganymède, je les ai suivis à bonne distance. Malheureusement, je les ai perdus dans la cité de Ka Anor où j'ai été découverte et emprisonnée. J'ai réussi à m'échapper, mais mes amis s'étaient déjà enfuis. Je me suis retrouvée coincée par l'avancée de l'armée hetwan qui voulait prendre l'Olympe.

Et depuis, je me suis fait passer pour l'un de ses membres.

— Elle a fait preuve de courage, a commenté Apollon.

— Un courage d'homme, a remarqué Artémis. Ce courage dont se vantent les hommes et dont ils pensent détenir le monopole. Je crois que tu me plais, sorcière. Tu es belle et courageuse. Et sans nul doute dangereuse.

— J'espère être un danger pour les ennemis de l'Olympe, a répliqué Senna avec la diplomatie d'un représentant de l'ONU.

— À quoi joues-tu ? lui a brusquement demandé Jalil.

Elle a haussé les épaules.

— Je suis venue avertir le Grand Zeus que l'offre de Ka Anor était un piège.

— Ouais, quelle clairvoyance ! a ironisé Christopher. Il ne faut pas être un génie pour s'en apercevoir.

Il a pâli en réalisant ce qu'il venait de dire. Mais Zeus n'a pas réagi : ou il n'avait pas compris, ou il était trop préoccupé pour relever l'insulte.

En fixant le véritable Hetwan, il s'est redressé de toute sa hauteur, géant parmi les géants. Et soudain, la foudre est réapparue dans sa main droite. Et de gros nuages se sont amoncelés au-dessus de nos têtes.

— Va-t'en, Hetwan. Retourne auprès de ton maître. Et dis-lui que Zeus n'est pas le premier imbécile venu. Dis à Ka Anor qu'on ne roule pas si aisément celui qui règne sur tous les dieux de l'Olympe. Celui qui a su conquérir cette montagne et la préserver des assauts des imposteurs romains, Jupiter et sa marmaille.

Il a ouvert la main et libéré la foudre. Elle s'est abattue juste aux pieds du Hetwan. Le marbre a volé en éclats. L'extraterrestre a reculé en titubant, les mains devant les yeux.

— Je suis Zeus! a-t-il hurlé si fort que même Ka Anor a dû l'entendre, à des kilomètres de là, dans sa tour enfouie au cœur de son cratère.

— Je suis Zeus, celui qui, depuis la nuit des temps, a réuni tous les grands dieux de toutes les grandes nations pour créer Utopia. Dis à Ka Anor que le Grand Zeus ne se laissera pas impressionner. Dis-lui que Zeus le Tout-Puissant règne toujours sur l'Olympe et qu'il en sera ainsi jusqu'à ce que les pierres fondatrices du monde s'effritent et tombent en poussière. Maintenant, disparais.

Il a lancé un autre éclair qui a frôlé le Hetwan et un roulement de tonnerre a secoué le temple.

L'extraterrestre restait impassible. Comme si tout cela ne le concernait pas. Il avait presque l'air de s'ennuyer. Lentement, il s'est retourné et il est parti de son pas fluide et glissant.

Zeus s'est calmé. Les nuages noirs se sont éloignés, laissant place au ciel bleu et pur.

C'était un spectacle magnifique. Impossible de ne pas se sentir submergé par une nouvelle vague d'énergie et de détermination. Impossible de ne pas se laisser envahir par un flot d'optimisme.

David s'était redressé. Apollon riait. Hermès souriait, Artémis aussi, mais d'un air un peu ironique. Héra observait la scène un peu à l'écart, comme sur un petit nuage.

Seule Athéna ne semblait pas impressionnée. Ça m'ennuyait. Mais ce qui m'a encore plus ennuyée, c'est ce qui a suivi.

— Alors, qu'est-ce qu'on fait maintenant ? a demandé Zeus d'une voix pitoyable. Qu'est-ce qu'on fait maintenant ?

C'est Héra qui a pris la parole.

— Que fait donc le héros d'Athéna ? Ce fameux Davidos. Il est censé nous aider, non ? Ou alors va-t-il rester là à pleurer comme un bébé aux pieds de sa sorcière ?

En entendant son nom, David a sursauté, comme un homme surpris en pleine sieste au beau milieu d'une importante réunion. Il a secoué la tête lentement, perplexe.

Hermès a éclaté de rire.

— Quel dommage qu'Aphrodite ne soit pas là ! Elle pourrait mesurer ses charmes à ceux de cette sorcière. Pauvre mortel, il fait presque pitié : un héros terrassé par les pouvoirs de séduction d'une sorcière.

Senna a apprécié le compliment indirect mais, fine mouche, elle n'en a rien montré.

— David… je veux dire, Davidos arrêtera les Hetwan. Il se conduira en héros, si tel est mon souhait. J'ai certains pouvoirs. Je détiens certains renseignements.

Athéna a hoché la tête.

— Quel est votre prix ?

— Je veux deux choses, a répondu Senna, pas gênée pour un sou. D'abord, l'asile tant que je reste sur l'Olympe.

Athéna a jeté un regard interrogateur à son père.

— Accordé, a annoncé Zeus.

— Et encore autre chose, a repris Senna. Jusque-là, j'ai réussi à échapper à Loki. Mais j'ai un autre ennemi, beaucoup plus dangereux car plus patient. Un enchanteur. Un sorcier. Il me poursuit, mais pas en personne, par l'intermédiaire de ses amis, animaux et oiseaux. En échange de mon aide, je veux qu'il soit tué ou emprisonné si jamais il venait ici.

— Mais quel est donc ce sorcier?

— Il s'appelle Merlin.

— Très bien, a répondu Athéna sans même attendre l'accord de Zeus. Mais je tiens à poser une condition: Davidos est mon héros et je suis une déesse très jalouse. Je ne veux pas partager. Relâche-le. Libère-le complètement, sorcière, et n'essaie pas de me tromper. On ne peut pas me duper si facilement. Je te protégerai durant ton séjour ici et je capturerai cet enchanteur si jamais il vient. Mais il faut que tu relâches Davidos. Et je veux que tu saches une chose, sorcière: si tu refuses, ce sera toi qui finiras captive et tu subiras le même sort que Prométhée. Enchaînée à un mur avec un aigle qui vient chaque jour te dévorer les entrailles. Et chaque nuit, ton foie se reformera pour que tu sois à nouveau éventrée le lendemain.

Senna a avalé sa salive. Son assurance l'avait quittée. Elle a lancé un regard à David et a déclaré :

— Il est libre.

CHAPITRE 16

Je n'avais rien fait. Je n'avais rien dit. J'avais regardé, muette et impuissante, d'abord Zeus et l'ambassadeur hetwan, puis ma demi-sœur et Athéna, jouer avec nos vies comme des enfants avec un ballon.

Maintenant, c'était fini. Nous étions congédiés. Les dieux avaient besoin de se divertir.

Zeus a beuglé qu'on lui apporte du vin, de l'hydromel et les meilleurs mets et qu'on fasse venir nymphes, satyres, musiciens et danseurs. Dionysos donnait avec enthousiasme des ordres à Hébé, la jeune déesse qui devait remplacer Ganymède comme barmaid auprès des immortels pendant son absence. Maintenant elle était embauchée pour de bon.

Senna marchait devant nous, comme si elle était notre guide, notre chef. Mais Athéna avait eu le dessus et les joues légèrement enflammées de ma demi-sœur trahissaient une colère froide. Une fois de plus, elle s'était fait rappeler à la réalité : elle n'était pas de taille à jouer avec les dieux.

Et ça ne lui plaisait pas. Senna avait toujours eu une haute opinion d'elle-même. Mais il me semble qu'Utopia l'avait rendue encore plus arrogante.

Pégase, Pélias et les autres nous attendaient pour nous ramener à la « maison », mais il n'y avait pas de monture pour Senna. Nous avons galopé dans les airs et elle a fait le trajet en chariot, à terre.

Quand nous sommes arrivés à notre petit motel de l'Olympe, les domestiques nous ont apporté à manger dans la cour intérieure. Je mourais de faim. Avoir affaire aux dieux, c'est toujours très éprouvant. Et le stress, ça ouvre l'appétit. Ils avaient aussi apporté du vin et Christopher en avait déjà vidé deux coupes avant que David ou quiconque ait eu le temps de protester.

— Mais qu'est-ce qu'on a fait pour se retrouver à nouveau avec Senna sur le dos ? Enfin, dis donc, cette bonne vieille Athéna lui a cloué le bec, à la sorcière, hein ? Je commence à bien l'aimer. Pour un dieu, elle n'est pas si mal.

— Tu parles ! a répliqué Jalil. Ils sont tous pourris, peu importe qu'ils soient pour ou contre nous. C'est la corruption du pouvoir. Ils ne peuvent pas s'empêcher de semer la zizanie dans la vie des gens, c'est tout ce qu'ils ont à faire. On ne peut pas se fier à Athéna. C'est une déesse et tous les dieux sont des pourris.

— De toute façon, ce ne sont pas des dieux, ai-je répliqué. Il n'y a qu'un seul Dieu. Ils se font appeler dieux, mais ce n'en sont pas. Ce sont peut-être des immortels. Je ne sais pas comment les qualifier mais, en tout cas, ces créatures n'ont rien à voir avec Dieu.

Jalil a interprété ça comme un défi et j'imagine que, comme moi, il avait besoin de se défouler, alors il a foncé tête baissée. Quand il est en colère, son regard change, on dirait qu'il a des yeux de serpent, et son ton de voix devient méchamment sarcastique.

— Ouais, c'est ça, ton Dieu est toujours raisonnable et tout ce qu'il fait est juste et réfléchi. Mais alors pourquoi tant d'horreurs et de souffrance ? Et comment tu expliques le massacre des Cananéens ?

— Il est mort pour nos péchés, ai-je répliqué. Est-ce que tu crois que Zeus, Huitzilopochtli ou même Athéna seraient capables de ça ?

— Ouais, enfin, il n'est pas mort longtemps, a ricané Jalil. Ça compte pour du beurre. Hé, moi, je veux bien mourir pour toi si je peux ressusciter en pleine forme trois jours plus tard.

— Mon Dieu m'aime, c'est toute la différence. Pour les immortels, pour ces soi-disant dieux, les hommes ne sont que des jouets.

— Et tu crois que ce n'est pas…, a commencé Jalil.

Mais Christopher s'est interposé entre nous en renversant un peu de sa coupe de vin.

— Ouh, là! Ouh, là! Ne nous énervons pas. Bon sang, ce que je déteste devoir jouer la voix de la raison. Non mais, franchement, regardez tout ce qu'on a à manger. Désolé d'interrompre Darwin en plein match contre le pape, mais on n'a pas le temps : il faut profiter de ces délicieux gâteaux aux graines de pavot.

— Darwin contre le pape ? a répété Jalil, incrédule.

— Allez, laisse tomber. *Peace, baby.* Vis ta vie et *carpe diem*, comme on dit.

— Ce doit être l'alcool, ai-je murmuré en glissant un regard à Jalil pour voir s'il était d'accord pour faire la paix.

— *In vino veritas*, la vérité est dans le vin, a-t-il déclaré sentencieusement.

Et juste à ce moment-là, Senna est arrivée. Elle avait l'air un peu défaite mais, bon, sûrement pas plus que nous.

J'ai regardé David. Senna également. Son visage était impassible. Elle cachait soigneusement ses émotions.

David a écarquillé les yeux. Il n'était pas étonné de la voir, mais surpris par les souvenirs qui lui revenaient. Il paraissait gêné. Et un peu en colère. L'avait-elle vraiment libéré ? Peut-être. Il n'était peut-être plus sous l'effet de la magie.

Mais, au-delà des sortilèges, restaient son visage, ses yeux, son corps et son charme irrésistible. Elle pouvait encore jouer de sa séduction naturelle.

C'était une cause perdue, une promesse vide et sans espoir. Et pourtant, la perspective de tant de frustrations et de déceptions devait attirer certains hommes, j'imagine. Senna, c'était la femme de glace que personne n'avait encore fait fondre.

— Eh bien, général David, puisqu'il semble que je sois sous tes ordres, que veux-tu savoir? a-t-elle demandé sèchement.

Christopher a souri, ravi de la voir rabaissée au moins pour un temps.

— Hé, Senna, tu veux de la gomme à mâcher? Mais les deux autres l'ont ignoré.

— Dis-moi ce que tu sais à propos des Coo-Hatch, a demandé David.

— Ah bon. Tu es au courant?

Je suis intervenue.

— Je les ai vus. J'ai vu deux Coo-Hatch qui chargeaient une sorte de petit canon. Les Het-wan ont quelques problèmes pour la mise à feu mais ils ont quand même réussi à tuer un Grec et ils ont failli m'avoir.

Senna a hoché la tête.

— Oui, les Coo-Hatch ne s'occupent pas des tirs, ils ne veulent pas tuer pour Ka Anor. Ils ne l'aiment pas, en tout cas, c'est ce que j'ai entendu dire.

— Mais alors pourquoi fournissent-ils des armes à feu aux Hetwan? l'a questionnée Jalil.

Senna a levé un sourcil.

— Je ne lis pas dans les pensées, Jalil. Tiens,

j'aimerais bien un de ces petits pains. Passe-le-moi. Je sais que tu as les mains propres.

Il allait le faire, mais en entendant ces derniers mots, il s'est figé. Il a hésité un moment, la main suspendue dans les airs, comme en arrêt sur image. Puis il a saisi le petit pain en serrant les dents.

Elle a eu un sourire victorieux comme si elle venait de marquer un point.

Il y avait quelque chose entre eux... Quel pouvoir avait-elle sur lui?

Elle a grignoté un morceau de pain.

— Je ne sais pas pourquoi les Coo-Hatch sont là. Peut-être que vous devriez demander à Athéna. Elle en sait plus qu'elle ne veut bien l'avouer, c'est clair.

— Peut-être, a répliqué Jalil, mais c'est pareil pour toi. Tu mens. Tu trompes ton monde. Et même quand tu dis la vérité, tu la déformes, tu la transformes et ce n'est qu'un mensonge de plus. Tu devrais faire de la politique.

Les efforts d'intimidation de Senna n'avaient pas duré longtemps sur Jalil.

— Nous sommes en guerre, a repris David. Les Hetwan déploient toutes leurs forces pour prendre l'Olympe. Et je peux vous dire qu'ils ont une sacrée force! Il n'y a plus qu'une poignée de Grecs pour leur résister. Les Hetwan n'ont aucune expérience de la guerre, ils sont nuls en stratégie, mais ils n'ont peur de rien. Et pour une raison que j'ignore, ces imbéciles de dieux ne veulent pas s'impliquer dans la bataille.

— Ils se battent par procuration, a expliqué Jalil. Si loin que tu remontes dans la mythologie, les dieux se sont toujours servis des humains. Tu vois, la guerre de Troie : une poignée de dieux grecs du côté des Troyens et une autre du côté de leurs adversaires. Ils soutiennent leurs héros et ils mettent des bâtons dans les roues des protégés des autres dieux.

— Mais, au moins, Athéna réalise que ça ne fonctionne pas comme ça aujourd'hui, ai-je souligné. Enfin, il n'y a aucun dieu qui soutienne les Hetwan, hein ?

J'ai regardé Senna, je ne sais pas pourquoi. Peut-être parce qu'elle me semblait à mi-chemin entre les mortels et les immortels. Et dans ma bouche, ce n'était pas un compliment.

— Je crois qu'on ne peut pas comprendre, a repris Jalil. Ils sont immortels. Ils vivent éternellement. La politique, les coups bas, les couteaux dans le dos, ça, ils connaissent. En revanche, ce qui leur est étranger, c'est la lutte pour la survie. C'est une notion humaine. Quand on pense qu'on va vivre éternellement, on ne doit pas passer beaucoup de temps à se demander comment survivre.

Senna a hoché la tête. Elle allait dire quelque chose, mais elle a hésité. Elle nous a regardés tour à tour, puis j'imagine qu'elle a décidé de se lancer.

— Écoutez, vous pensez que je suis assoiffée de pouvoir, c'est ça ? Vous croyez que la folie des grandeurs m'a fait perdre la tête ? Je savais, je pressentais tout du moins, que j'allais me retrouver à Utopia. Ils avaient besoin de moi. Ou de quelqu'un dans mon genre. Pourquoi? Parce que les dieux sont tout-puissants?

Elle a secoué la tête en répondant à sa propre question.

— Pourquoi Loki aurait-il besoin de moi si les dieux étaient tout-puissants?

Tout à coup, elle a tendu les bras en serrant ses petits poings. On aurait dit la caricature d'un dictateur fou.

— Ils sont faibles! Ils sont lents, stupides et bornés. Ouais, ils ont de grands pouvoirs, mais ils ne savent pas comment les utiliser.

Elle a pointé un doigt sur Jalil.

— Toi qui es si intelligent, Jalil, dis-moi: quelle est la créature la plus puissante d'Utopia? Zeus? Odin? Quetzalcoatl? Amon Râ? Hel? Cette espèce de dragon ridicule, Nidhogrr?

— Je ne sais pas, a reconnu Jalil.

— Tu ne sais pas? Je vais te donner un indice. Tu l'as déjà rencontré. Et ce n'est pas un dieu.

— Merlin? ai-je suggéré.

Senna m'a regardée avec de petits yeux méchants.

— Oui, Merlin. L'Enchanteur. Le vieil homme qui porte un drôle de chapeau. Merlin. Pourquoi? Parce qu'il a des pouvoirs magiques? Oui, mais ses enchantements ne sont rien comparés à la force brute de Zeus. Ce que Merlin a en plus, c'est l'ingéniosité humaine.

Elle a tapoté sa tempe.

— Merlin a de l'imagination.

— Et toi aussi, ai-je ajouté en voyant où elle voulait en venir. Tu as des pouvoirs magiques et tu as de l'imagination. Ainsi que beaucoup d'ambition.

— Ouais, a-t-elle acquiescé en souriant. Tu vois, je ne suis pas si folle que ça, sœurette. Je n'ai presque pas de pouvoirs dans le monde réel. Ce n'est rien comparé à ce dont je suis capable ici. Là-bas, qu'est-ce je pourrais espérer? Quelle pourrait être ma plus grande ambition dans le monde réel? Trouver un bon boulot?

Elle a ri.

— Ici, je peux devenir Merlin. Je peux même le surpasser. Car j'ai un avantage sur le grand maître Merlin le Magnifique.

Elle a mangé quelques bouchées de pain, les yeux baissés. Elle attendait. Elle attendait quoi? Qu'on trouve quel était son fameux avantage?

Soudain, ça m'a crevé les yeux. J'ai eu la révélation.

— Nous. C'est nous, ton avantage sur Merlin. C'est pour ça que tu nous as attirés près du lac. Tu espérais bien qu'on réagirait comme ça, qu'en voulant te sauver, on serait entraînés avec toi. Mais tu as mal calculé ton coup, non? ai-je demandé, pas peu fière d'avoir enfin tout compris. Tu n'avais pas prévu que nous ne suivrions pas tes ordres.

Jalil s'est mis à rire, d'un rire désabusé mais pas méchant.

— Elle se fiche qu'on suive ses ordres, April. Elle savait qu'on n'allait pas lui obéir. Elle savait qu'en essayant à tout prix de rester en vie, on bousculerait l'ordre des choses. Qu'on sèmerait la zizanie. Qu'on bouleverserait les plans de certains. Nous sommes un facteur imprévisible. Mais dont Senna peut imaginer les réactions. Alors que c'est impossible pour Merlin et les autres dieux.

— Comme des dés truqués, a marmonné Christopher en hochant la tête. Elle ne sait pas exactement sur quelle face nous allons nous arrêter, mais elle connaît les probabilités. Alors que Merlin et Loki n'en ont aucune idée.

Senna se délectait de nos regards outragés. Elle a posé son petit pain et s'est épousseté les mains.

— Regardez ce qui est arrivé jusque-là : le plan de Loki a échoué, Huitzilopochtli est affaibli, Merlin a perdu pour toujours Galaad, qui était son bras droit, et maintenant Ka Anor est coincé aux portes de l'Olympe.

Avant que nous ayons pu faire quoi que ce soit – comme l'étrangler, par exemple – un domestique est arrivé en courant.

— Pardon, ô grand Davidos. Tes hommes ont envoyé Pégase pour te prévenir que les Hetwan se préparaient à attaquer de nouveau.

CHAPITRE 17

Le général Davidos est réapparu en un clin d'œil. Le pauvre David ensorcelé et diminué avait disparu.

— OK, voilà la situation : mes soldats sont en train de recruter des troupes dans les villages du flanc sud. Nous allons donc avoir mille, mille cinq cents hommes de plus. Pas entraînés, mais ce n'est pas grave, les Hetwan ne sont pas vraiment des guerriers chevronnés. Héphaïstos a déjà fabriqué les armes et il a aussi construit une catapulte d'après mes croquis. Ce ne sont pas des merveilles de technologie, mais ça nous permettra d'envoyer cinquante kilos de pierre volcanique en fusion pour brûler à nouveau les échafaudages de l'ennemi et l'empêcher de les réparer. Voilà la première partie du plan.

— Alors un dieu t'a donné un coup de main ? s'est étonné Jalil.

— C'est le dieu boiteux que je vous ai montré. Il ne peut pas marcher, alors j'ai conclu un marché avec lui. Je vais lui apporter une technologie inédite dans Utopia en échange de son aide. Bon, je résume le premier volet du plan : on bloque l'avancée des Hetwan, comme hier mais en mieux. Mais ce n'est pas suffisant, je veux les chasser de la montagne. Donc il faut contre-attaquer.

Il m'a montrée du doigt.

— Et c'est là que le canyon d'April entre en scène ! Je vais faire passer trois cents hommes, des vétérans, par le canyon. Nous allons prendre les Hetwan par surprise et les chasser du premier plateau, avec l'aide de l'armée de l'air.

— L'armée de l'air ? a répété Christopher, perplexe.

— Ouais, a acquiescé David avec un sourire narquois à la John Wayne. Et mes pilotes de chasse, c'est vous trois ! J'ai un plan. Un peu dangereux, mais Pégase est partant.

— Et voilà notre sort entre les sabots d'un cheval ailé ! a marmonné Christopher.

— Et moi ? est intervenue Senna. Qu'est-ce que je vais faire, général Davidos ?

— Toi ? Tu t'es déjà fait passer pour un Hetwan, eh bien, tu vas recommencer. Tu vas retourner dans leurs rangs et me ramener un Coo-Hatch. Il faut qu'on découvre ce qu'ils veulent.

— Parce que tu penses qu'ils veulent quelque chose ?

— Évidemment. Ils sont très doués pour travailler le métal et, grâce à notre livre de chimie, ils ont trouvé la formule de la poudre à canon. Maintenant, ils savent construire des armes à feu. Mais ils n'exploitent pas vraiment toutes leurs possibilités. Ce n'est pas normal qu'ils se limitent à un mousquet. Quand on peut fabriquer un fusil, on peut faire un canon. Et à la place des balles en plomb, ils pourraient utiliser de l'acier coo-hatch, qui transperce n'importe quoi. Non, ils n'essaient pas de gagner cette guerre, à mon avis, ils essaient de nous faire passer un message. Alors il faut discuter avec eux.

D'un signe de tête, il a mis fin à la conversation.

— Allez, au boulot!

Nous l'avons suivi docilement, même Senna. J'éprouvais un certain plaisir à la voir réduite à obéir aux ordres. Mais je savais bien que ça ne durerait pas.

Elle avait raison : elle pouvait voir les choses en grand ici, accomplir ses ambitions les plus démesurées. Elle avait raison sur toute la ligne. Pour la première fois, je ne la voyais plus comme une gamine futée qui essaie de tirer son épingle du jeu, mais comme une joueuse à part entière, assise à la table des grands. À Utopia, il y avait des créatures bien plus puissantes. Mais pas beaucoup qui combinaient son ambition sans bornes et son intelligence.

Si David pouvait être le général de l'armée grecque et le héros d'Athéna, alors peut-être que Senna pouvait prendre la place de Merlin.

Même piégée, même entre les griffes de Zeus et d'Athéna, elle avait réussi à tendre à Merlin un piège qu'il ne pouvait suspecter.

Il était très malin mais, s'il arrivait à l'Olympe sans se douter de rien, il serait sans défense devant la puissance de Zeus. Il viendrait pour demander audience, espérant peut-être le convaincre de rejoindre ses rangs et il finirait enchaîné je ne sais où.

— Ouais, mais bon, il ne viendra peut-être pas les mains dans les poches, ai-je murmuré pour moi-même.

J'aurais aimé pouvoir le prévenir, mais je ne voyais pas comment. Je n'avais pas revu l'Enchanteur depuis la bataille contre Loki.

Je me sentais tellement impuissante. Jusque là, Senna nous avait menés par le bout du nez. À chaque coup qu'elle recevait, elle se relevait, toujours aussi forte.

En suivant David presque au pas de marche, j'avais le cœur serré. Ce n'était pas le monde réel qui me manquait – ça paraissait bien trop loin – mais ma chambre au motel de l'Olympe. J'aurais tellement aimé rester dans mon lit douillet pour prendre un petit-déjeuner gargantuesque. Parce que, franchement, le programme de la matinée ne m'enthousiasmait pas.

Les chevaux nous attendaient dehors, piaffant dans la rue pavée de marbre, prêts à décoller. Le chariot qu'avait pris Senna la veille était là aussi.

— Bon, Senna, tu pars de ton côté, a annoncé
David.

— Quoi ? Tu ne m'embrasses pas pour me
souhaiter bonne chance ?

David a eu un élan vers elle, s'est repris et a
reculé, gêné.

Il s'est tourné vers nous.

— Allez, en selle, vous venez avec moi. Je vais
vous montrer ce que j'attends de vous.

Je suis montée sur l'aile de Pélias et je me suis
installée sur son dos. On ne peut pas vraiment
dire que je m'y étais habituée mais, au moins, je
n'avais plus trop peur de tomber.

— Conduisez-nous à l'atelier d'Héphaïstos, a
ordonné David.

Et nous avons décollé tous les quatre sur nos
chevaux ailés.

Nous sommes partis en direction du nord, de
l'autre côté de la montagne. Derrière, j'ai repéré
ce qui avait dû être un cratère secondaire du volcan que l'Olympe était autrefois. Il n'était pas
très large, pas plus grand qu'un chapiteau de
cirque.

Et il était rouge feu.

Nous sommes descendus en tournant tout
autour. Au centre du cratère flamboyait une
nappe de magma jaune en fusion. On aurait dit
un lac d'or fondu. En passant au-dessus, nous
avons senti la chaleur intense qu'il dégageait.
Les chevaux se sont vite écartés pour achever
leur descente.

Tout autour du lac d'or fondu, il y avait des espèces de petits ateliers en bois et pierre couverts de chaume et ouverts sur les côtés, semblables aux petites boutiques rudimentaires que j'avais vues dans les villages au pied de la montagne.

Je distinguais dans une lueur orangée des silhouettes qui s'affairaient de tous côtés ou se penchaient sur les rectangles rouge feu de leurs forges.

Nous nous sommes finalement posés sur l'un des rares espaces vides.

Mais notre arrivée n'a pas interrompu leur travail. Ni le vacarme, l'incessant martèlement des outils et le sifflement du métal chauffé à blanc qu'on plongeait dans l'eau.

On se serait cru en enfer : au milieu des flammes et des nuages de vapeur s'agitaient des créatures de toutes tailles et de toutes formes au visage rouge et basané, qu'on aurait pu prendre pour des diables au premier regard.

Mais c'était pourtant l'endroit le plus gai de l'Olympe. J'ai reconnu des nains, des fées et même quelques trolls parmi d'autres êtres étranges. Ils avaient tous l'air bronzés et, malgré leur tenue réduite au minimum, ils transpiraient par tous les pores de leur peau. Ils étaient couverts de suie, avec les cheveux roussis et les sourcils brûlés. Quelle que soit leur espèce, ils avaient de grandes mains avec des doigts noueux comme des racines d'arbres.

Ils travaillaient en chantant et en plaisantant. Ils échangeaient des insultes d'une voix rude. En riant, ils levaient des marteaux aussi gros que leur tête, transportaient des tas d'épées encore fumantes et d'énormes paniers d'osier remplis de charbon, et actionnaient de grands soufflets pour attiser leurs feux.

— Davidos, a grondé une voix tonitruante – une voix de dieu, c'était clair. Ça marche! Par la barbe puante de Poséidon, ça marche!

Héphaïstos s'est approché de nous dans un fauteuil roulant. Un fauteuil magnifique orné de têtes de chevaux dorées et argentées et équipé d'un support pour glisser une lance sur le côté. Il devait bien peser aussi lourd qu'une voiture, mais Héphaïstos semblait n'avoir aucun mal à le faire rouler.

— Tu as amélioré mes croquis, on dirait, a remarqué David en découvrant les décorations.

Héphaïstos a éclaté de rire. Le bas de son corps était de taille humaine mais paraissait minuscule par rapport à ses épaules, qui auraient intimidé un gorille bien bâti.

— Tout va comme sur des roulettes, Davidos, a-t-il annoncé. Le premier chargement d'armes est déjà parti mais, comme tu le vois, nous en préparons d'autres.

— Et notre projet top secret?

— Tout est prêt, a répondu l'immortel avec un clin d'œil.

Il a pointé son menton barbu vers une équipe de forgerons qui était en train de passer d'étranges harnais à Pélias et à ses frères.

— Parfait. Il faut que j'y aille. Les Hetwan sont prêts au combat, a annoncé David. Tu voudras bien montrer à mes amis ce qu'ils doivent faire ?

Sans attendre la réponse, David s'est tourné vers nous :

— Jalil, Christopher et April, Héphaïstos va tout vous expliquer. Le plus dur, c'est de savoir quand frapper. Je serai au sol, dans le canyon d'April. Nous allons procéder en deux temps. Mes hommes et moi, nous attaquons. Nous les prenons de côté. Et quand ils pivotent pour nous faire face, vous visez l'arrière de leurs troupes.

— D'accord, mais avec quoi ? a demandé Jalil, agacé.

— Tu verras, a répliqué David en s'éloignant déjà pour appeler Pégase.

— Voilà le plus heureux des hommes, a commenté Christopher. C'est Napoléon, De Gaulle et le général Lee réunis !

— Venez voir ! nous a lancé Héphaïstos, tout content dans son stupide fauteuil roulant.

Dix minutes plus tard, nous savions tout de ce fameux projet top secret. Et nous n'étions franchement pas enthousiastes.

— Ça, c'est une idée géniale, a grommelé Christopher alors que nous enfourchions nos chevaux ailés.

— N'oubliez surtout pas qu'il faut couper les cordes en deux temps, nous a rappelé le dieu forgeron. D'abord la première, puis les deux autres exactement au même moment, sinon le poids risque de vous déséquilibrer.

— C'est vraiment génial, a répété Christopher.

Il y avait des tas de risques que le plan de David tourne mal. Des tas de risques que l'on se tue ou que l'on tue nos alliés. Et, en fait, il y avait très peu de chances pour que ça marche.

Héphaïstos avait fabriqué un immense chaudron. Une sorte de marmite dans laquelle on aurait pu faire cuire un troupeau de vaches entier. Tout autour, il y avait un anneau de cuivre d'où partaient trois cordes, attachées à l'autre extrémité aux harnais de nos chevaux.

Bien sûr, il était parfaitement impossible que Pélias et ses frères puissent soulever ce chaudron. Mais bon, de toute façon, c'était déjà impossible qu'ils puissent voler, alors...

Enfin, bref... Héphaïstos avait conçu tout ce système pour que les chevaux arrivent à soulever leur fardeau, mais pas un gramme de plus. Si le poids du chaudron était mal réparti, il les déséquilibrerait et ce serait la catastrophe. Les trois bêtes tomberaient, tourbillonneraient dans les airs pour s'écraser sur le sol, avec leurs cavaliers (nous), ainsi que le contenu du chaudron.

Et ce que contenait le chaudron, c'était... du feu. Des braises rouges qui venaient de toutes les forges autour du cratère. Des charbons ardents. Comme si on y avait vidé un millier de barbecues.

Et on allait s'en servir pour bombarder les Hetwan.

CHAPITRE 18

Nous avons décollé. Je ne sais pas comment, mais nous volions.

Les chevaux peinaient, baignés de sueur, ils battaient des ailes plus vite que d'habitude. Pélias n'avait pas le temps de bavarder. Et il me communiquait son stress.

Nous volions avec le grand chaudron qui se balançait lentement entre nous. Nos montures restaient soigneusement en formation, comme pour une démonstration d'acrobaties en plein ciel.

Si l'une d'elles descendait quelques centimètres trop bas, elle nous déséquilibrerait et ce château de cartes aérien s'écroulerait.

Personne ne parlait. Nous ne voulions pas distraire les chevaux ni risquer de montrer que nous étions morts de peur.

L'un des nains d'Héphaïstos, qui venait des pays du Nord, avait passé une courte épée dans un fourreau autour de ma taille. Elle devait me servir à couper la corde et à larguer notre cargaison.

Nous volions en triangle, avec Christopher en tête. C'est lui qui devait couper sa corde en premier. Ça ferait pencher le chaudron vers l'avant en le déséquilibrant un peu. Ce qui signifiait aussi que tout son poids se reporterait sur Jalil et moi. Alors nous devions coordonner nos actions à la seconde près. Le chaudron devait basculer. Mais un tout petit peu seulement, parce que, si nous attendions trop, les ailes de nos chevaux ne tiendraient pas le coup et ce serait le crash.

Jalil et moi, nous devions rompre nos cordes exactement en même temps. Nous nous étions mis d'accord. Christopher crierait «Coupez!» et il abaisserait son épée.

À ce signal, aussi vite que possible, Jalil et moi, nous couperions aussi nos liens. Il y aurait juste un petit décalage, le temps que nos cerveaux enregistrent le cri de Christopher et réagissent. Restait juste à espérer que Jalil et moi, nous avions le même temps de réaction.

Et bien sûr, il fallait que tout ça se fasse au-dessus des troupes hetwan, pas des Grecs.

En bas, la bataille avait commencé. Les Hetwan étaient montés sur leur échafaudage d'échelles et de plates-formes pour atteindre le deuxième plateau. Les Grecs les attendaient en haut, acier contre venin brûlant.

Mais ils avaient aussi installé deux catapultes juste à l'arrière de leurs troupes. Elles faisaient trois fois la taille d'un homme. Un cadre de bois en forme de A supportait un bras avec un grand panier rempli de pierres à une extrémité et un plus petit panier à l'autre.

Des soldats musclés tournaient une roue hérissée de poignées pour soulever le contre-poids et abaisser le petit panier. Quand il leur arrivait à hauteur de torse, ils le remplissaient de pierres volcaniques poreuses trempées dans l'huile. Juste avant le lancement, l'un d'eux jetait une torche allumée dans le panier. Les pierres s'enflammaient et, sur l'ordre du chef, les soldats relâchaient le contrepoids.

Les projectiles en feu dessinaient un arc rouge et noir dans les airs avant de retomber sur les échafaudages des Hetwan.

Mais notre cible était plus bas, au pied de la montagne, sur le premier plateau. C'était de là que les extraterrestres lançaient leurs attaques.

Les chevaux ont amorcé leur descente. Lente-ment, avec précaution. Ils descendaient par paliers, tous les muscles crispés, l'écume à la bouche, les yeux fous.

Plus bas. De plus en plus bas, jusqu'à être au même niveau que le front de la bataille. On avait l'impression que les projectiles des catapultes arrivaient droit sur nous. Ils montaient haut dans le ciel puis redescendaient dans notre direction. Et pas moyen de nous écarter pour les éviter.

J'ai serré les dents. David s'était trompé. Il n'avait pas prévu ça. C'était compréhensible. Il ne sortait pas de l'École militaire. Ce n'était pas un vrai général. Mais je lui en voulais quand même. Je ne me sentais pas d'humeur compréhensive. Je n'étais pas en état de lui pardonner.

Tout ce que je voyais, c'était que les projectiles des catapultes tombaient droit sur nous, qu'ils arrivaient droit sur nous, sifflant et fumant, et qu'ils allaient nous tuer.

Ils venaient justement de tirer. La pierre a décrit un arc haut dans le ciel puis elle est redescendue... droit sur moi. J'allais la prendre en pleine tête. Oh, mon Dieu! Mon heure était venue, oh, mon Dieu!

Le projectile en flammes est passé juste à côté de moi, entre Pélias et le chaudron. Il n'a pas touché la corde. Il ne m'a pas touchée. Mais il m'a enfumée. J'étouffais, j'essayais de reprendre mon souffle, de ne pas tousser pour ne pas déséquilibrer mon cheval.

Dans ma tête, je traitais David de tous les noms. J'étais folle de rage. Il fallait que je me défoule sur quelqu'un.

Heureusement, maintenant, nous étions hors de la trajectoire des projectiles en feu. Ils tombaient derrière nous tandis que nous continuions à descendre, sous le second plateau où la bataille faisait rage.

Comme on volait au même niveau que les échafaudages hetwan, on voyait les dommages causés par les catapultes. Plusieurs petits feux avaient déjà pris.

Mais cette fois-ci, les Hetwan étaient mieux préparés. Il y avait des équipes de pompiers qui faisaient la chaîne pour se passer des bouteilles d'eau à verser sur les feux avec leurs petits bras rachitiques.

Ils n'étaient pas assez nombreux, mais c'était déjà mieux que rien. Cela ralentissait déjà la propagation du feu.

Tout en bas, le premier plateau, la première marche de la montagne, était couvert de Hetwan en rangs serrés. Ils avaient aussi retenu la leçon. La veille, ils s'étaient retrouvés bloqués car ils n'avaient pas assez de renforts. Pas cette fois-ci. Ces Hetwan étaient prêts à bondir, prêts à mener l'assaut jusqu'au bout, quelles que soient les pertes.

— Ils apprennent vite, ai-je murmuré. D'accord, ce ne sont pas des guerriers chevronnés, comme dit David, mais ils apprennent vite.

Un mouvement a soudain attiré mon regard. Derrière la montagne, hors de vue des Hetwan, des hommes en armure commençaient à surgir du canyon.

J'ai repéré David. Il ne portait pas de casque mais il brandissait l'épée de Galaad. En hurlant, il courait entre les rochers et les arbres rabougris, à la tête d'une troupe de plus en plus grande.

Les Hetwan ont mis du temps à réagir. Ce n'est que lorsque David a atteint le bord du plateau et a commencé à attaquer le flanc de leur armée que les extraterrestres se sont tournés pour affronter cette nouvelle menace.

Il y avait bien cinq mille Hetwan sur le plateau. L'armée de David était ridicule en comparaison. Ils étaient dix, quinze, peut-être vingt fois moins. Les Hetwan allaient les écraser sous le poids du nombre.

À moins que…

Le cheval de Christopher était en tête. Nous sommes passés au-dessus des hommes de David pour arriver à la hauteur des troupes extraterrestres. Tous mes muscles étaient crispés. J'ai dégainé ma petite épée. Ma paume moite glissait sur la poignée. Si jamais je la lâchais… J'ai serré les doigts à faire blanchir mes articulations.

— Prêt! s'est écrié Christopher.

Et sur le coup, je n'ai pas tout de suite compris ce qu'il voulait dire. Ma tête bourdonnait, j'avais l'impression que le temps s'était arrêté.

J'ai levé mon épée. J'ai jeté un œil à Jalil, mais il ne me regardait pas.

— Coupez!

C'était trop tôt! Je n'étais pas prête!

Clac!

Vite, couper, couper. J'ai senti ma lame sur la corde.

J'ai vu celle de Christopher qui pendait dans le vide. Le chaudron qui s'inclinait légèrement.

J'ai vu la corde de Jalil claquer comme une corde de violon.

Mais ma lame avait rebondi! Elle avait touché la corde mais ne l'avait pas tranchée. Et soudain un à-coup nous a secoués comme si nous avions été percutés par un train.

Tout le poids s'est retrouvé sur Pélias.

Il penchait sur le côté, déséquilibré par le chaudron. Son aile droite pendait lamentablement tandis que la gauche battait en vain. Il tombait.

Je n'étais plus sur son dos.

Les pieds dans le vide. Je n'avais plus rien à quoi me raccrocher, rien que de l'air.

CHAPÎTRE 19

Je suis tombée dans le vide, agitant mes jambes nues dans les airs.

J'ai reçu la corde tendue comme un coup de fouet en plein dans la poitrine. La douleur m'a coupé le souffle.

Je donnais des coups d'épée dans le vide. Je frappais, frappais, frappais frénétiquement, espérant que ma lame rencontrerait quelque chose de solide.

Tout à coup, j'ai senti une résistance quand elle a touché la corde. Puis la tension s'est relâchée, j'avais réussi à la couper!

Le chaudron brûlant tourbillonnait en dessous de moi, répandant les charbons ardents avec une pluie d'étincelles, comme un feu d'artifice.

Vlan! J'ai reçu un coup d'aile dans le dos. J'ai essayé de me rattraper à quelque chose, mais rien. Ma main s'est refermée sur du vide.

Quelque chose m'a frôlé la jambe. Et par une merveilleuse coïncidence, par un coup de chance ou en réponse aux prières que je balbutiais, ma cheville s'est prise dans la corde qui pendait.

J'étais accrochée à Pélias. Il a écarté les ailes et a freiné ma chute. Je ne tombais plus!

Je me suis contorsionnée et j'ai attrapé la corde juste au moment où ma cheville se libérait. J'étais suspendue par une main. Comme une trapéziste démente. Comme une folle qui ne se contentait pas de défier le destin mais qui lui crachait à la figure pour le supplier de la tuer.

Je me balançais dans les airs et mes espadrilles frôlaient presque la tête des Hetwan. Les Hetwan qui couraient dans tous les sens en poussant leurs cris inhumains sous le feu qui tombait du ciel.

Mais j'ai perdu prise. Je glissais le long de la corde. Elle me brûlait la paume. Heureusement, ma main a rencontré un nœud et c'est ce qui m'a sauvée. Je ne me balançais plus dans les airs, ni au-dessus des Hetwan mais entre eux. Un pendule qui oscillait dans les rangs des extraterrestres fous de douleur.

Tout autour de moi, des têtes d'insectes floues, des mandibules, des cris, des mains qui se tendaient.

Aaah! Il y en avait un juste devant moi! J'allais lui foncer dedans. J'allais lâcher prise et me retrouver par terre à subir le même sort qu'eux. J'allais être brûlée vive!

J'ai touché le sol. Je courais à demi suspendue

comme une marionnette. Mes jambes frôlaient les cadavres de Hetwan et les charbons ardents.

— Mon Dieu, à l'aide! ai-je hurlé.

Pélias, épuisé, se démenait pour me soulever, mais en vain. Deux Hetwan se sont rués sur moi, prêts à me tuer en m'étouffant s'il le fallait. Je donnais des coups d'épée dans tous les sens. Je suis tombée à genoux dans les braises. Je hurlais de douleur, j'allais mourir brûlée vive par les charbons que j'avais lancés.

Et soudain, au désespoir, j'ai crié:

— Au secours, Athéna!

Les Hetwan se sont jetés sur moi mais je n'étais plus là. J'étais dans les airs, je flottais hors de leur portée. Je volais. Pélias avait réussi à me soulever.

Avec l'aide de Dieu. Ou d'Athéna.

CHAPITRE 20

Pélias m'a vite emportée dans les airs et j'ai aperçu Jalil. Son cheval n'était pas loin au-dessous de moi. Il s'est élevé à ma hauteur et Jalil m'a passé les bras autour de la taille, m'a attirée contre lui, m'a serrée bien fort.

Je tremblais de tous mes membres.

— C'était à un cheveu, a-t-il murmuré.

— Tu as vu quelque chose? ai-je demandé d'une voix rauque. C'était elle? C'était Athéna?

Je l'ai senti secouer la tête.

— Je n'ai rien vu. Ton cheval a dû trouver un courant ascendant qui l'a aidé à remonter.

«Évidemment», ai-je pensé. Évidemment. Il avait réponse à tout. La réponse raisonnable de l'Américain du XXIe siècle.

Pas de Dieu. Ni de dieux.

Peu importe que je l'aie appelée au secours, que, terrifiée, j'aie eu recours à elle plutôt qu'à mon Dieu. Que je lui aie fait confiance plutôt qu'à Lui.

C'était logique, c'est tout. Athéna m'avait déjà sauvée une fois. Elle m'avait déjà tirée hors de danger alors, bien sûr, j'avais fait appel à elle. Ce n'était pas un blasphème, je ne pensais pas que c'était un vrai dieu. Je ne voulais pas échanger le dieu que j'avais prié toute ma vie contre une immortelle de plus de deux mètres de haut avec un casque sur la tête.

«Au secours, Athéna.»

— Allez, m'a gentiment dit Jalil, on rentre à la maison.

— Non, ce n'est pas fini.

J'ai baissé les yeux vers le sol. Nous étions au-dessus du premier plateau mais pas encore assez haut pour apercevoir le deuxième.

En bas, les Hetwan brûlaient vifs. Ils avaient l'air perdus. Ils couraient en tous sens, en hurlant. D'un côté, je me disais que c'était un juste retour des choses. Je sentais encore la douleur de la veille, la brûlure de leur venin sur mon ventre, le feu qui progressait dans ma chair, comme un rat qui me rongeait les entrailles.

D'un côté, je me répétais: «Bien fait, brûlez, brûlez, espèces de sales bestioles!»

Mais de l'autre, j'étais horrifiée. Ils avaient l'air sans défense. Les uns essayaient d'étouffer le feu en tapant dessus, les autres voulaient le repousser d'un revers de main. Mais la chair hetwan, si on peut appeler ça ainsi, est combustible. Il y en avait qui avaient complètement pris feu et qui titubaient comme de véritables torches vivantes.

On aurait dit qu'ils étaient incapables de s'organiser, de savoir ce qu'il fallait faire, de prévoir ce qui allait arriver. Les hommes de David les massacraient sans rencontrer aucune résistance.

Soudain, Christopher a surgi du ciel et il est passé au ras de leurs têtes, en criant :

— Allez ! Vite ! Tirez-vous, bande d'extrater-restres abrutis ! Vite !

C'était absurde. C'était même crétin. Un humour vraiment déplacé. Jalil s'est mis à rire. Puis il s'est arrêté et m'a glissé :

— Non, il a raison, regarde !

Et, juste à ce moment-là, une onde de choc s'est répandue parmi les Hetwan. Comme s'ils formaient un lac brûlant dans lequel on avait jeté un bloc de pierre. D'un seul coup, ils se sont tous mis à courir. Ils se sont précipités pour descendre du plateau, ils ont dévalé aussi vite qu'ils le pouvaient leurs échelles.

Pas sous l'effet de la panique mais simplement, comme l'avait pressenti Christopher, parce que, jusque-là, ils ne savaient pas quoi faire. Ils n'avaient pas su comment réagir quand nous les avions bombardés de charbons ardents ou attaqués à l'épée par le flanc. Comme ce n'était pas dans leur plan, ils étaient restés à tourner en rond sur le plateau, dépassés par les événements, complètement perdus, jusqu'à ce quelqu'un leur souffle ce qu'il fallait faire.

Jusqu'à ce que Christopher leur dise de fuir.

Ils se sont enfuis. En courant. En volant. Paniqués mais jamais gagnés par la vraie peur.

Nous sommes passés au-dessus d'un tas de cadavres de Hetwan fumants. Nous sommes montés dans les airs pour pouvoir apercevoir ce qui se passait sur le deuxième plateau.

Là, les extraterrestres étaient coincés, pris en sandwich entre les deux ailes de l'armée grecque. Les hommes de David, après avoir remporté la victoire en bas, remontaient la pente escarpée, luttant contre la fumée des échafaudages en feu, pour attaquer les Hetwan restant sur un troisième front.

Au milieu des troupes hetwan encerclées, j'ai repéré deux Coo-Hatch à côté de leur mousquet. Au moins, eux, ils avaient l'air d'avoir peur.

— Regarde, Jalil! Regarde ce Hetwan! me suis-je écriée en tendant le doigt.

Il se frayait un chemin parmi ses camarades avec une détermination inhabituelle chez ces créatures.

Et il portait un poignard d'un style très humain.

— C'est Senna, a constaté Jalil.

— Elle essaie de tirer les Coo-Hatch de là.

— Non, elle veut les tuer.

— Quoi?

David lui avait demandé de ramener au moins l'un des Coo-Hatch vivant. Pas de les tuer.

— Non! ai-je hurlé.

Senna a reculé le bras, dissimulant habilement son couteau et elle a poignardé l'un des

175

extraterrestres. Comme la lame n'avait pénétré que de quelques centimètres, elle s'est appuyée dessus de tout son poids, jusqu'à ce que le Coo-Hatch crie et chancelle.

— Descends, a ordonné Jalil à son cheval.

Et il a piqué vers le sol.

Le Coo-Hatch s'est effondré, en tendant un de ses grands bras pour essayer de toucher la blessure. L'autre a regardé autour de lui, complètement abasourdi. Mais il n'a vu que des Hetwan.

Senna cachait le couteau dans son dos. Je l'ai perdue de vue un moment dans la foule, puis je l'ai vue réapparaître tout près du Coo-Hatch restant.

Les Grecs fonçaient dans les rangs des Hetwan, pour les massacrer avec un entrain renouvelé maintenant que David et ses hommes les avaient rejoints. Mais Senna allait atteindre le Coo-Hatch avant eux.

— Tu vois cette f... ce Hetwan avec le poignard? a demandé Jalil à son cheval.

— Oui.

— Est-ce que tu peux lui donner un coup de sabots dans la tête?

Le cheval n'a pas répondu.

C'était dingue, brusquement, je m'inquiétais pour le sort de ma demi-sœur! Je la détestais. Je la méprisais. Mais je ne voulais pas qu'on lui fasse trop mal.

Nous sommes descendus en piqué comme un aigle qui fond sur sa proie. J'ai senti le contrecoup du choc dans le corps du cheval. Nous avons continué un peu sur notre lancée avant de nous retourner brutalement et j'ai vu que le Hetwan au couteau avait disparu. À sa place, il y avait Senna, étendue par terre, inconsciente. Et le poignard gisait à quelques mètres de là.

Les Grecs n'ont pas tardé à remonter jusque-là. J'ai vu trois soldats encercler le Coo-Hatch restant. Il ne leur a opposé aucune résistance et s'est laissé emmener, une épée pointée dans le dos.

Puis David est arrivé et il s'est agenouillé auprès de Senna, comme s'il voulait la prendre dans ses bras. Mais avant de l'avoir touchée, il s'est repris. Il s'est relevé et a reculé d'un pas.

— Bravo, ai-je murmuré.

CHAPITRE 21

Cette fois-ci, nous ne sommes pas allés voir Zeus. Le père des dieux, nous avait-on informés, avait passé la journée à se soûler et il avait repris sa forme d'aigle pour filer vers le sud draguer les jeunes filles. La fête orchestrée par Dionysos battait son plein. Le temple de Zeus était transformé en boîte de nuit.

— Alors pendant que ses sujets se font massacrer en voulant défendre son royaume, lui, il prend du bon temps. Génial, a grommelé Christopher.

Personne n'a pris la défense de Zeus.

Nous nous sommes traînés jusqu'à notre Formule 1 de l'Olympe, nous avons rampé jusqu'à nos lits où nous nous sommes écroulés, complètement épuisés. David a fait enfermer Senna dans une chambre. Il a prêté son épée à un domestique en lui recommandant de ne pas hésiter à s'en servir si elle essayait de s'échapper.

Je pensais m'endormir aussitôt, mais j'étais trop fatiguée pour trouver le sommeil. Des milliers de questions bourdonnaient dans ma tête.

Pourquoi Senna avait-elle tué ce Coo-Hatch? Comment pourrais-je avertir Merlin? Et qu'est-ce que ça pouvait bien me faire de toute façon?

Qui m'avait sauvée? Athéna ou Dieu? Mais peut-être que la question ne se posait même pas... puisque Dieu est censé diriger toutes choses, Il était peut-être aussi derrière les faits et gestes d'Athéna.

Ce n'était pas la question, et je le savais. Le problème, c'était de savoir pourquoi j'avais fait appel à elle. Pourquoi avais-je appelé Athéna à mon secours?

La réponse était évidente, mais pas facile à admettre. C'était parce que je l'avais vue. En vrai. Pas besoin d'avoir la foi. On croit ce qu'on voit et j'avais vu Athéna.

J'ai sombré dans le sommeil. Et j'ai traversé la frontière. Là-bas, j'ai encore retrouvé David, Jalil et Christopher. Nous étions tous les quatre devant la cafétéria, recroquevillés sous le vent glacé. Je regardais les autres qui mangeaient bien au chaud à l'intérieur. David nous avait spécifié de le rejoindre à l'extérieur. Pour qu'on puisse discuter loin des oreilles indiscrètes. Et qu'on se gèle.

— Il faut qu'on trouve ce qu'on va raconter à Athéna à propos de Senna et du Coo-Hatch, a commencé David.

Jalil et lui étaient là depuis quelques minutes lorsque j'étais arrivée. Et Christopher avait fait son apparition juste après moi. J'étais encore en train de faire le point, d'enregistrer l'info que je venais de recevoir d'Utopia.

Des images et des émotions, des souvenirs si réels, si vifs que je me suis surprise à vérifier si je n'étais pas blessée moi aussi, comme l'April de là-bas.

— Athéna est peut-être déjà au courant, a remarqué Jalil. Dans ce cas, si on lui ment, elle risque de se retourner contre nous.

— Elle pourrait se déchaîner après Senna, a fait David d'un ton qu'il voulait neutre mais qui ne trompait personne.

— Cette discussion ne mène à rien, je me trompe ? ai-je demandé. Si ça se trouve, on est déjà réveillés, là-bas. Si ça se trouve, l'autre Jalil, l'autre David et l'autre moi ont déjà pris leur décision.

David avait l'air perplexe. Un petit sourire a flotté sur les lèvres de Jalil.

— Qu'est-ce qui te fait rire ? ai-je sifflé.

— Nous sommes devenus secondaires.

Je comprenais ce qu'il voulait dire. Enfin je crois.

— Qu'est-ce que tu racontes ? s'est énervé David.

Jalil a haussé les épaules et a remonté le col de son manteau pour se protéger du vent.

— Au départ, le David d'Utopia, par exemple, était partie intégrante du David du monde réel.

Tu étais le vrai David et lui… je ne sais pas. Il n'était pas réel en tout cas. Tu vivais la vraie vie et lui, c'était comme un personnage de série télé. Là-bas, le David d'Utopia se demandait comment revenir ici. Mais maintenant, tu te demandes ce qui se passe là-bas. Et c'est pareil pour nous tous. On vit dans l'attente des flashs d'information. Plus il s'en passe là-bas, plus nos vies réelles nous semblent minuscules. Eux, ils grandissent, et nous, on rétrécit.

Mon cœur s'est serré en l'entendant. J'aurais voulu le contredire, mais à quoi servirait de nier l'évidence?

Christopher est intervenu:

— Ça ne sert pas à grand-chose de décider quoi que ce soit ici, April a raison. Pendant qu'on est là à bavasser, là-bas, ils ont peut-être déjà fait leur choix.

— Bon, alors, qu'est-ce qu'on fait? a demandé David. On entre dans la cafétéria pour manger ces immondes lasagnes végétariennes? Je vous rappelle qu'on est en pleine guerre!

Jalil a secoué la tête.

— Non, là-bas, on est en pleine guerre. Ici, non. Il n'y a pas de guerre, pas de dieux. Tu n'as même pas d'épée, David. Ici, nous sommes juste April O'Brien, David Levin et Jalil Sherman, étudiants du collège Trucmuche. Et Christopher Hitchcock également, quand il ne sèche pas les cours. Tu vois, c'est toi qui as tout compris le premier. Tu savais qu'Utopia nous boufferait tous. C'est pour ça que tu as foncé. Tu te rappelles quand on était sur le navire viking, tu nous as fait ton petit discours : «Je ne vois pas ce que vous trouvez au monde réel, qu'est-ce qu'il a de si génial, qu'est-ce qu'on peut en attendre?» Tu avais déjà tout compris.

— Tu me fais suer, Jalil! ai-je explosé.

J'allais entrer dans la cafétéria, mais je me suis arrêtée.

— J'en ai assez de tes petits airs satisfaits de M. Je-sais-tout. Tu as toujours raison, hein, pas vrai? Tu as toujours une longueur d'avance mais, pourtant, tu ne te mouilles jamais. Pour toi, tout ça, c'est juste un spectacle. Tu applaudis poliment quand quelque chose d'intéressant se produit sur la scène. Mais toi, tu ne montes jamais vraiment sur les planches.

— Je suis comme je suis, a-t-il répliqué.

Seule l'intonation un peu plus grave de sa voix indiquait que j'avais visé juste.

— Mais moi aussi! me suis-je écriée. Je suis comme je suis. Et je vais le rester. Me voilà. Je suis là, dans ce monde. April, c'est cette fille avec ce cerveau, ce cœur, ces idées. Et mes amis, ma famille et mon collège appartiennent à ce monde. J'ai mes espoirs, mes rêves – et franchement, jouer les Jeanne d'Arc pour une bande de fous qui se font appeler dieux, ça ne fait pas partie de mes rêves. Je ne laisserai pas Utopia me changer.

Jalil n'a pas répondu. Il s'est contenté de baisser les yeux. Comme si j'avais dit quelque chose de gênant. Comme si je venais de me ridiculiser et qu'il ne voulait pas m'embarrasser davantage.

J'étais toute rouge. Je le sentais. Mais je m'en moquais car j'avais raison.

David a repris la parole.

— Bon, cette petite discussion était très intéressante, mais on devrait réfléchir à ce qu'on va dire à Athéna.

Il a levé la main pour retenir mes objections.

— Même si on est déjà rentrés là-bas, ce qui n'est pas sûr du tout. C'est très important : qu'est-ce qu'on va leur dire au sujet de Senna et du Coo-Hatch ?

Par la fenêtre, je voyais Magda, Sue-Ellen et Alison qui rigolaient en grignotant leur dîner. Elles parlaient de garçons. De théâtre. De fringues, de cinéma, de musique, de télé, des profs. Elles m'avaient gardé une place.

— On ne peut pas mentir, a affirmé Jalil. Pas alors qu'Athéna connaît peut-être la vérité.

J'avais envie d'entrer dans la cafétéria. Mes amies m'attendaient. J'avais envie de les rejoindre.

Au lieu de ça, j'ai dit :

— Jalil a raison. Et en plus, ça va surprendre Senna, et c'est tant mieux. Elle s'imagine toujours que nous sommes ses alliés. Qu'on est dans la même équipe. Pas besoin de…

C'était tout ce dont je me souvenais, c'étaient les derniers mots que j'avais dans la tête quand je me suis réveillée.

J'ai envoyé promener ma couverture, furieuse. Et j'ai agressé la servante qui m'avait tirée du sommeil.

— Quoi?

— La déesse Athéna vous réclame.

CHAPITRE 22

Le temple d'Athéna – ou son palais, peu importe – était un peu moins grandiose que celui de Zeus. En fait, elle nous a reçus dans une sorte de bibliothèque. Il y avait des tas de rouleaux de manuscrits alignés sur des étagères ou empilés dans de petits casiers qui grimpaient jusqu'au plafond peint.

Il devait y avoir des milliers de textes. Et au milieu se dressaient de grandes tables de pierre, comme dans une bibliothèque municipale version Grèce antique.

Nous étions là tous les quatre, avec Senna. Et aussi le Coo-Hatch restant. Cette fois, sa version miniature voletait autour de lui à une allure infernale, comme si elle avait bu trois litres de café.

Athéna était assise sur une chaise très sobre, sans estrade et, pour la première fois, sans arme. Il y avait un gros sac de toile à ses pieds.

— Mon père est occupé, a-t-elle annoncé sèchement. Donc il m'incombe d'interroger cette créature coo-hatch, et d'écouter votre rapport sur la grande victoire. Parle, Coo-Hatch. Pourquoi avez-vous vendu vos secrets aux Hetwan ? Pourquoi avez-vous pris position contre l'Olympe qui ne vous a jamais fait aucun mal ?

Le Coo-Hatch m'a regardée.

Était-ce celui-là même à qui j'avais donné notre livre de chimie ?

— Coo-Hatch pas contre l'Olympe, a déclaré l'extraterrestre.

Athéna s'est baissée pour ouvrir le sac de toile et découvrir le mousquet.

— Voici un ingénieux instrument pour tuer à distance. Vous ne pouvez pas nier qu'il vous appartient.

— Fabriqué par Coo-Hatch, a-t-il affirmé fièrement. Et Coo-Hatch peuvent construire beaucoup plus, et beaucoup plus puissants. Assez puissants pour abattre l'Olympe.

— Tu mens ! a rétorqué Athéna d'un ton cinglant.

— Il dit la vérité, est intervenu David. Ils pourraient construire des canons et s'en servir pour tirer des boulets gros comme... comme de gros rochers. Qui iraient aussi vite que la foudre de Zeus. Et aussi loin. Bien sûr, a-t-il ajouté, ils pourraient aussi placer leurs canons autour du cratère de Ka Anor et bombarder sa cité pour la réduire en poussière.

Le Coo-Hatch n'a pas réagi.

Athéna a hoché la tête.

— Je vois. Notre ami coo-hatch veut marchander. Il nous montre sa force avant de proposer de nous vendre sa loyauté.

— Coo-Hatch pas au service de Ka Anor, a repris l'étrange extraterrestre. Ni de l'Olympe. Coo-Hatch servent intérêts des Coo-Hatch.

— Alors ce sont vos dieux qui vous envoient pour nous attaquer? a demandé Athéna.

— Non. Dieu du feu et déesse du fer amener Coo-Hatch dans cet univers contre leur gré. Trop loin de leurs forges et de leurs familles. Coo-Hatch honorer dieu du feu qui leur a appris à travailler acier et déesse du fer qui leur a montré métaux sacrés, mais plus jamais Coo-Hatch servir les dieux.

— Vous vous rebellez contre vos dieux? s'est écriée Athéna, outrée.

Elle était aussi bouleversée que si on lui avait appris que les Grecs manigançaient de se révolter contre elle.

— Coo-Hatch veulent être libres. Retourner chez eux. Pacifiquement, si possible. Sinon Coo-Hatch attaquer tous les dieux d'Utopia en attendant aide pour repartir.

J'ai vu Jalil hocher la tête. Visiblement, il avait tout compris.

C'est alors que Senna a pris la parole pour la première fois.

— Ce Coo-Hatch vient de proférer une menace contre tous les dieux. Si l'on autorise de simples mortels à abandonner leurs dieux, s'ils ne les craignent plus, que va-t-il se passer?

Cet argument a porté. J'ai vu l'expression d'Athéna se durcir. Ses yeux étincelaient de colère.

— Celui qui trahit ses propres dieux aujourd'hui trahira tous les dieux demain, a insisté Senna.

— Si les Coo-Hatch retournent dans leur univers, ils ne menaceront plus personne, a remarqué Jalil.

Je me suis tournée vers ma demi-sœur. Elle ne quittait pas Athéna des yeux. L'intervention de Jalil n'avait eu aucun impact sur la déesse de la sagesse et de la guerre.

Je savais ce qu'il fallait dire. Je savais pourquoi Senna avait éliminé l'autre Coo-Hatch. Mais comment réagirait Athéna ? Elle risquait de la tuer. Sur-le-champ. Sous mes yeux.

Maintenant, la question était de savoir si la déesse était aussi intelligente et avisée qu'elle en avait l'air, ou si c'était encore une autre créature folle de pouvoir.

David avait raison.

Nous aurions dû profiter de notre passage dans le monde réel pour essayer de le découvrir.

Je me suis lancée :

— Senna dit peut-être la vérité, mais elle a ses propres motivations. Sage Athéna, cette sorcière, ma sœur, a tué l'autre Coo-Hatch et avait l'intention de supprimer aussi celui-là.

Senna n'a pas réussi à se contrôler. Elle bouillait de rage.

— C'est un portail, ai-je poursuivi, en tout cas, c'est ce que pense Loki. Peut-être pourrait-elle permettre aux Coo-Hatch de s'échapper, de regagner leur univers. Elle ne le veut pas, mais elle le peut peut-être.

Le Coo-Hatch s'est mis à trembler. De colère parce que Senna avait assassiné son compatriote? D'excitation à l'idée d'avoir trouvé comment s'enfuir?

— J'ai en effet tué l'autre Coo-Hatch, a avoué Senna froidement, contenant maintenant sa fureur. Mais je ne peux pas les aider. En donnant ma vie, en devenant un simple instrument, oui, je pourrais servir de portail vers l'Ancien Monde. Mais je n'ai pas le pouvoir d'ouvrir un passage vers un univers où je ne suis jamais allée.

— Alors pourquoi avoir tué ce Coo-Hatch? ai-je demandé.

Et Athéna a ajouté:

— Attention à ce que tu vas répondre, sorcière. Ta vie est suspendue à un fil.

Senna ne lui a pas répondu directement. Elle s'est mise à rire d'un air désabusé, en secouant la tête, et elle a dit, comme pour elle-même:

— Il fallait que ça arrive un jour. C'était inévitable. Ça ne pouvait pas durer.

— Réponds! a rugi Athéna en faisant trembler les murs avec autant d'efficacité que son père.

— Je connais quelqu'un qui possède ce pouvoir, a expliqué Senna. Une sorcière plus puissante que moi. Elle est au service d'Isis. Ici, à

Utopia. Elle a fait vœu de ne jamais utiliser ses pouvoirs sauf... Elle a fait le serment de ne jamais s'en servir, mais elle pourra peut-être faire ce que demande ce Coo-Hatch.

— Et quelle est cette sorcière?

— Ma mère.

Payette & Simms inc.

Achevé d'imprimer en septembre 2004 sur les presses de
Payette & Simms inc. à Saint-Lambert (Québec)